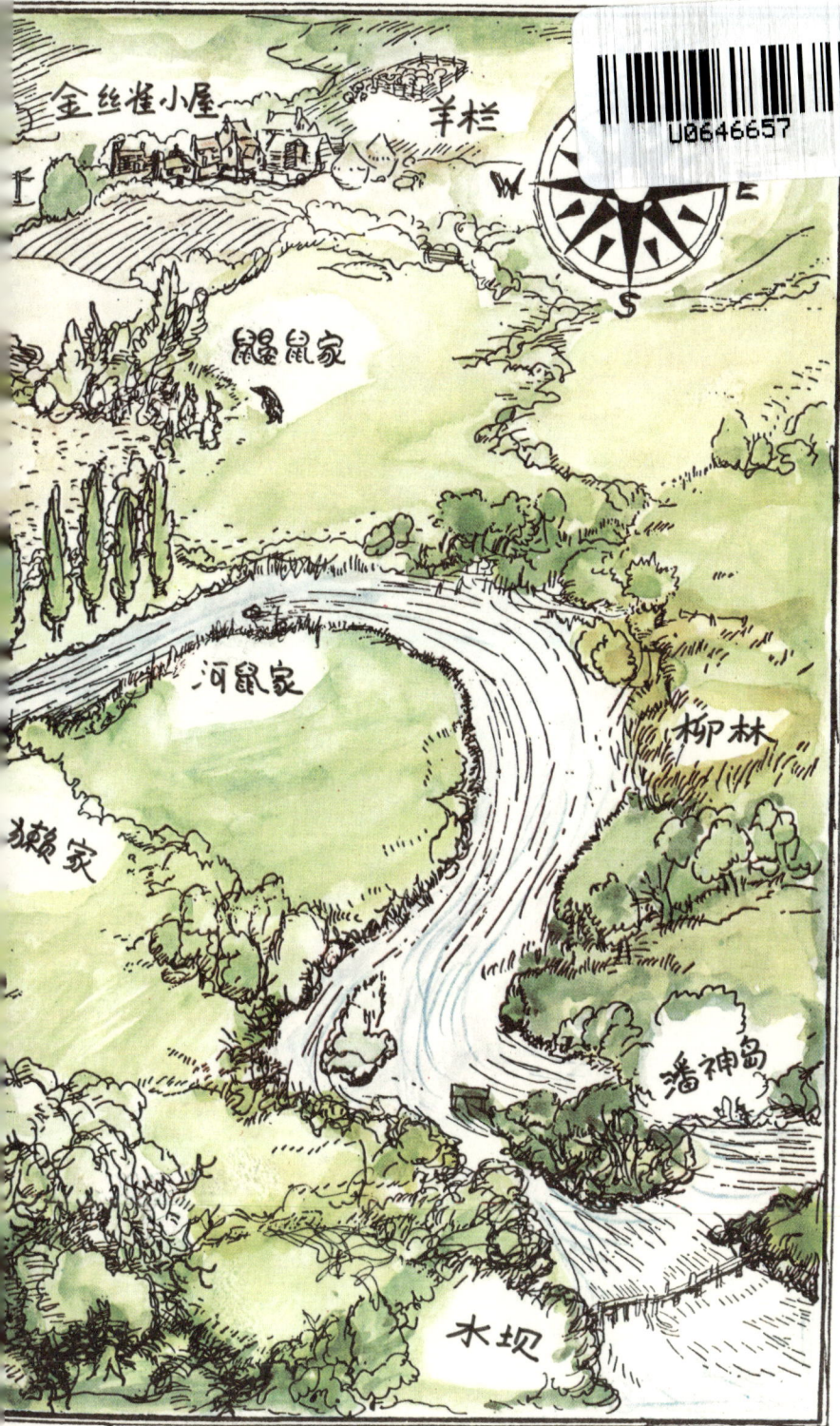

金丝雀小屋　　　羊栏

鼹鼠家

河鼠家

獾家

柳林

潘神岛

水坝

THE WIND IN THE WILLOWS

Kenneth Grahame

Illustrated by
E.H. Shepard

柳林风声

［英］肯尼思·格雷厄姆　著
［英］E.H.谢泼德 插图
任溶溶　译

上海译文出版社

目录

1 河 岸

　　一整个上午，鼹鼠忙得不亦乐乎，在他家那间小屋子里拼命地大扫除。先是用扫帚，接下来用掸子，然后拿着一把刷子、一桶石灰水爬上梯子，爬上椅子，一直弄到喉咙眼睛都是灰，全身的黑毛上溅满石灰水，背脊疼，胳膊酸。春天的气息飘在天上地下和他周围，甚至钻进他这又黑又低矮的小屋子，带来春天那种神圣的、使人感到不满足和渴望追求什么的精神。这就难怪鼹鼠忽然把他那把刷子扔在地上，说着"讨厌"、"噢，去它的吧"以及"该死的大扫除"，连穿上衣也等不及，就冲出了屋子。在他的头顶上，地面上有什么

东西在紧急地呼唤他，他钻进陡斜的狭小地道，向上面小石子车行道爬去,这车行道是属于住得离太阳和空气更近的动物们的。就这样，他用他的小爪子忙着又是扒，又是挖，又是掘，又是抓，接着又是抓，又是掘，又是挖，又是扒，嘴里一个劲儿地叽里咕噜说着："我要上去！我要上去！"直到最后,噗！他的鼻子伸到了太阳光里，在一片大草地上，他在热烘烘的青草中打起滚来了。

"真好真好！"他自言自语地说，"这比刷石灰水好多了！"太阳光晒热他的毛皮，微风吹拂他晒热了的脑门。

在地下蛰居得太久，听觉迟

钝了，快活小鸟的欢歌声进入他的耳朵，就像是大哄大叫。在生活的喜悦中，在不用大扫除的春天欢乐中，他同时用四条腿蹦跳起来，一路跑过大草原，一直来到远远那头的灌木树篱那里。

"停止！"一只老兔子从树篱的缺口处说，"通过私人道路付六便士[1]！"可是他一下子就被不耐烦和看不起他的鼹鼠吓了一大跳。鼹鼠根本不理他，顺着树篱边快步走过，还戏弄其他从洞里急忙钻出头来看看外面吵闹些什么的兔子。"洋葱酱[2]！洋葱酱！"鼹鼠嘲笑他们说，而那些兔子还没想出一句十分满意的话来回敬他，他已经跑得不见了。于是这些兔子开始互相埋怨："瞧你多笨！你为什么不告诉他……""那你自己为什么不说……""你本可以提醒他……"如此等等，都是老一套；可是不用说，埋怨也没用，已经太晚了，事情也总是这个样子的。

一切看上去好得叫人不相信。鼹鼠急急忙忙地走到东走到西，穿过一块块草地，走过一道道灌木树篱，钻过一个个矮树丛，到处看到小鸟在造巢，花在含苞，树叶在发芽——所有的东西都快快活活，

1　便士是英国货币名，旧制 12 便士为 1 先令，20 先令为 1 英镑，也就是 240 便士等于 1 英镑。1971 年改制后，100 便士等于 1 英镑，先令不用，只偶尔代表 5 个新便士。

2　吃兔肉习惯加洋葱酱。

生机勃勃，全不闲着。他倒没有感到良心的责备，没有感到良心在悄悄地叫他"回去粉刷吧"，却只觉得在所有这些忙人当中做一个惟一的懒汉太快活了。再说，一个假日的最好时刻也许不是躺下休息，而是去看看其他人忙着干活。

他毫无目的地到处闲逛，一下子站在涨水的河边，这时候，他觉得他已经快活得无以复加了。他一生中从未见过河——这又光又滑、弯曲蜿蜒、鼓鼓胀胀的动物，又是追，又是咯咯笑，咯咯笑着抓起一样东西，又哈哈笑着把它放下，向另一个游戏伙伴扑去，新伙伴刚要挣脱身子，又被它抓住了。一切都在摇动和颤抖——闪闪烁烁，粼粼发光，奔泻涡旋，潺潺细语。鼹鼠真个是看入了迷，神魂颠倒。他在河边狂奔，就像一个人很小很小的时候，在一个用迷人的故事把人迷住的人身边狂奔一样。他奔来奔去，最后累了，在岸边坐下，河依旧在不停地对他潺潺细语，悄悄地讲述世界上最好听的故事，它们来自大地的心底，最后要去讲给永远听不够的大海听。

当他坐在草地上遥望着河对面时，忽然看到对岸有一个黑洞，就在水边上面一点，于是梦想起来：一只动物如果没有什么要求，却喜欢住在位于最高洪水线以上的小巧河边住宅里，离喧闹声和灰尘远一点，那么，这个洞该是个多么舒适的住所啊。他正这么盯住它看，似乎有一样发亮的小东西在洞的深处一闪，不见了，接着又是一闪，像颗小星星。但地方不对，这不可能是颗小星星。说它是萤火虫吧，又太亮太小了。他正这么看着，它对他眨了眨，这就说明那是一只眼睛；一张小脸开始在它周围渐渐扩大，就像一个镜框围着一幅画。

这是一张棕色的小脸，上面长着小胡子。

这是一张严肃的圆脸，上面那只最先吸引他注意的眼睛依旧在闪亮着。

两只好看的耳朵和一层浓密光滑的毛。

这是河鼠！

接着，这两只动物站在那里慎重地互相打量。

"你好，鼹鼠！"河鼠说。

"你好，河鼠！"鼹鼠说。

"你想到这边来吗？"河鼠紧接着问他。

"噢，聊聊天倒很不错！"鼹鼠十分性急地说，河边生活和河边的生活方式对他来说太新鲜了。

河鼠不说话，只是弯下腰解开一条绳子，把它一拉，然后轻轻地跨进一只小船，这小船鼹鼠早先倒没看到。这只小船外面漆成蓝色，里面漆成白色，大小正好坐两只动物。鼹鼠的整颗心马上飞到了它那里，尽管他还不完全明白它的用处。

河鼠利索地把小船划过来，在岸边拴好。接着在鼹鼠极其小心翼翼地下船时，他伸出了前爪。"拉住它！"他说，"好，快把脚踏下来！"鼹鼠只觉得又惊又喜，他当真坐在一只真船的船尾上了。

　　"今天是个呱呱叫的好日子！"当河鼠推船离岸，又划起桨来的时候，鼹鼠说，"你知道吗，我一辈子里还从来没有坐过船呢。"

　　"什么？"河鼠张大嘴巴叫起来，"从来没有坐过……你从来没有……这个，我……那么你一直在干些什么呢？"

　　"坐船就那么好吗？"鼹鼠不好意思地问，虽然他差不多已经准备好相信是这样了，因为这时他向后靠在他的座位上，仔细看那些坐垫、船桨、桨架和船上所有迷人的用具，并且感到小船在他身体下面轻轻地摇来晃去。

　　"岂止是好？坐船是绝妙的事情，"河鼠一边俯身向前划桨一边严肃地说，"相信我的话吧，我的年轻朋友，再没有一件事情——绝对没有一件事情——能像划船那么值得干了，连一半也及不上。就是划船，"他做梦似的说下去，"划……船，划……"

"当心前面，河鼠！"鼹鼠猛然大叫起来。

可是叫得太晚了。小船已经猛地撞到岸上。那沉浸在梦想中的快活划船者一下子倒栽葱仰卧在船底，两脚朝天。

"……船，划船……或者摆弄船，"河鼠继续镇静地说，快活地大笑着爬起来，"在船里面或者在船外面都没有关系。看来实在什么关系也没有，妙就妙在这里。无论你离开也好，不离开也好，到达你的目的地也好，到了别的地方也好，甚至什么地方也不到也好，你总是忙个不停，可也从来没做什么大不了的事情。你把一件事情做完了，总是又有别的事情接下来要做，你高兴就可以去做，不过你最好别去做。你听我说！要是你今天上午真没有什么事要做，我们就一起顺流而下，坐它一天船好吗？"

鼹鼠快活之至，快活得把他的脚趾转来转去，敞开胸膛心满意足地叹了一口气，快快活活地靠到后面松软的靠垫上。"我将有一个多么美好的日子啊！"他说，"我们马上动身吧！"

"等一会儿！"河鼠说。他把系船索穿进码头上的环扣住了，爬到他上面的洞里去，转眼又出来，被一个装满午餐的柳条篮子坠得走起路来一摇一摆的。

"把它推到你的脚底下去。"他把篮子递到下面船上时对鼹鼠说。接着他解开系船索，又拿起桨。

"篮子里面是什么？"鼹鼠好奇得扭来扭去问道。

"里面有冷鸡，"河鼠简短地答道，"冷舌头、冷火腿、冷牛肉、腌小黄瓜沙拉、法国面包卷、水芹三明治、罐头肉沙拉、汽水、柠檬汁、苏打水……"

"哎哟，别说了，别说了，"鼹鼠高兴得发疯，大叫着说，"太多了！"

"你当真这么想吗？"河鼠一本正经地问，"这只是我出去作小小旅行的时候经常带的东西。别的动物却一直说我是个小气鬼，太抠门！"

他说的话鼹鼠连一个字也没听到。鼹鼠被正在开始的这种新生活吸引住了，陶醉在水上的闪闪光点、涟漪、香味、声响和阳光之中，把一个爪子放到河水里，做起长长的白日梦来。河鼠真是个好小伙伴，不停地划着桨，忍耐着不去打搅他。

"你的衣服我喜欢极了，老伙计，"过了半个钟头左右河鼠说，"有一天我只要买得起，我就要去给自己弄一套穿了吸烟的黑天鹅绒衣服。"

"对不起，请问你在说什么？"鼹鼠拼命集中起注意力说，"你一定以为我这个人非常失礼，不过这一切对我来说太新鲜了。这么说……这……就是……一条……河！"

"这条河。"河鼠纠正他的话说。

"你当真住在这条河的河边吗？多快活的生活啊！"

"住在河边，河外，河上，河里，"河鼠说，"它是我的兄弟和姐妹、姑姑和婶婶、伙伴和朋友、食物和饮料，不用说，还是洗东西的地方和游泳池。它是我的世界，我再也不需要别的什么了。它所没有的东西都不值得有，它所不知道的东西都不值得知道。老天爷！我和河一起过的日子多么好啊！不管是冬天还是夏天，春天还是秋天，全都有它的乐趣和好玩的事。二月涨水，我的地下室灌满了水，这对我没好处，棕黄的浊水在我最好的卧室窗前流过。不过后来等到水全都退走，露出一摊摊烂泥，闻着有葡萄干蛋糕味，杂物和杂草堵着河道，我就可以在这些杂物杂草堆上干的地方闲逛，找到新鲜的食物吃，找到粗心的人从船上落下的东西！"

"不过有时候不是有点儿乏味吗？"鼹鼠大胆问道，"只有你和这条河，没有人可以谈谈话？"

"没有人可以……嗯，我不该对你太严厉，"河鼠忍耐着说，"你对它陌生，当然不懂得。河岸近来太挤了，因此许多人都一股脑儿

离开这儿。噢，一向根本不是这样的。水獭、鱼狗、红松鸡，它们全都差不多整天在这儿，老是要你做点什么事情——好像别人就没有自己的事情要做似的！"

"那边一片是什么？"鼹鼠挥动着一个爪子指着一片林子问道，那林子黑黑地围着河一边的水草地。

"那个吗？噢，那不过是原始森林，"河鼠简短地说，"我们这些河边居民不常在那里。"

"他们不是……住在那里面的不是很好的人吧？"鼹鼠有点紧张地问。

"这个嘛，"河鼠回答说，"让我来想想看。松鼠很好。至于兔子嘛……有些很好，不过兔子有好有坏。接下来当然还有獾。他住在林子深处，就算你给他钱他也不会住到别处去。亲爱的老獾！没有人去打扰他。他们也最好别去打扰他。"河鼠意味深长地加上一句。

"为什么，谁会打扰他呢？"鼹鼠问道。

"这个嘛，当然……那里……还有别的东西，"河鼠吞吞吐吐地解释说，"黄鼠狼……还有鼬鼠……还有狐狸，等等，等等。他们一般说来还可以……我和他们是很好的朋友……大家碰在一起过上那么一天，就这样……不过他们有时候会突然翻脸，这用不着否认，那就……对了，你不能真正信任他们，这倒是事实。"

鼹鼠很清楚，老是这么谈今后可能有些麻烦，而且哪怕是暗示一下，都是不符合动物的规矩的，因此他改变了话题。

"那么在原始森林的那一边又是什么呢？"他问道，"那里一片蓝色，模糊不清，看上去可能是山，也可能不是，有点像城市的烟，或者只是浮云吧？"

"原始森林的那一边是广阔的大世界，"河鼠说，"这个大世界跟你跟我都没有关系。我从来没去过那里，也永远不会去，如果你还有点脑子的话，你也不会去。请别再提它了。好！终于到回流的地方了，我们就在这里吃中饭吧。"

他们离开了主流，这会儿划进一个地方，它乍看上去像一个被陆地环抱的湖泊。它两边是绿色的草坡，平静的水下闪现着像蛇一样弯弯曲曲的棕色树根。在他们前面是一个堤坝，那儿银波翻滚，泡沫飞溅，并排是个转动不停的水车轮子，滴着水，水车轮子又带动着一只有灰色三色墙的磨坊里的磨盘，使空气中充满一种催人入睡的嗡嗡声，又单调又沉闷，然而里面不时响起很轻很清脆的快活说话声。实在太美了，鼹鼠禁不住举起两只前爪，气吁吁地叫道："喔唷！喔唷！喔唷！"

河鼠让船拢岸，拴好，帮助还不习惯的鼹鼠安全上了岸，拿出中饭篮子，甩到岸上。鼹鼠请求河鼠由他来打开饭篮，河鼠很乐意

满足他这位朋友的请求，自己在草地上伸开四肢舒舒服服地休息一下，让他那兴奋的朋友抖开台布，摊好，把所有神秘的 包包东西拿出来，打开包，把包里的东西分别摆在台布上。鼹鼠每发现一样新东西，嘴里依然气吁吁地叫道："喔唷！喔唷！"等到食物全摆好了，河鼠说："吃吧，老伙计！"鼹鼠实在太乐意遵命了，因为他今天一大清早就动手进行他的大扫除，根本没有停下来吃过东西喝过茶，换了诸位，也是会这么干的。在那离开已经很久的时刻以后，他又经历了那么多事情，那时刻从现在看来，都像是过去很多天了。

"你在看什么？"河鼠问他。如今饥饿已经煞住一点，鼹鼠的目光可以离开台布向外动动了。

"我在看一连串的水泡，"鼹鼠说，"我看到它们顺着水面过去。我觉得这玩意儿好玩极了。"

　　"水泡？喂喂！"河鼠说，用邀请的口气快活地吱吱叫。

　　一个闪亮的大嘴在岸边露出水面，一只水獭钻了出来，抖掉他毛皮大衣上的水。

　　"你们这些贪吃的家伙！"他说着向吃的东西走过来，"你为什么不请请我，河鼠？"

　　"这是临时想到的，"河鼠解释说，"顺便介绍一下……这位是我的朋友鼹鼠先生。"

　　"没说的，认识你很高兴。"水獭说，这两只动物马上成了朋友。

　　"到处都那么吵闹！"水獭继续说，"整个世界的人今天好像都到河上来了。我到这儿回流的地方来，是想得到片刻的安静，却又碰上你们这两个家伙！至少……我请你们原谅……你们知道，我不是那个意思。"

他们后面响起一阵沙沙声，是从还积着厚厚一层去年的树叶的矮树丛那边传来的。接着一个有条纹的脑袋探出来看他们，它后面耸起高高的两个肩膀。

"来吧，老獾！"河鼠叫道。獾向前迈出一两步，接着咕哝了两声："哼！一堆人。"他转过身去，不见了。

"他就是这么个家伙！"失望的河鼠说，"他讨厌交际！今天我们再也看不到他了。好，请告诉我们，都有些谁到河上来了？"

"癞蛤蟆他来了，算一个，"水獭回答说，"乘着他那艘崭新的赛艇，衣服是新的，什么东西都是新的！"

两只动物相互对看，哈哈大笑。

"有一度他只爱坐帆船，"河鼠说，"后来他帆船坐厌了，就撑平底船。除了整天和天天撑船，什么也不能使他快活，他撑船撑出了许多祸事。去年换了大游艇，我们大家得去跟他待在他那只大游艇里，还得装作喜欢它。他说他要一辈子住在这大游艇里了。可他不管做什么事都一样只有五分钟热度，他玩厌了，又玩起新花样来。"

"他也是个好小子，"水獭沉思着说，"只是没恒心……特别对船是这样！"

从他们坐着的地方望过隔开他们的小岛，可以看到那边的主河道。正在这时候，一只赛艇很快地进入他们的视线，划船的是个矮胖家伙，把水溅得一塌糊涂，人滚来滚去，却拼了命在划。河鼠站起来对他叫，可是癞蛤蟆——那正是他——摇摇头，只顾划他的赛艇。

"他这样滚来滚去，转眼就要滚到船外去了。"河鼠重新坐下来说。

"当然要滚出去，"水獭咯咯笑着说，"我跟你讲过癞蛤蟆和那个船闸管理员的有趣故事吗？事情是这样的。癞蛤蟆……"

一只飘忽不定的蜉蝣突然笨拙地转过身来横穿急流，这也是正在见世面的年轻蜉蝣所喜欢的迷人的时髦做法。可是水打了个旋。噗！那只蜉蝣再也不见踪影了。

水獭也不见了。

鼹鼠朝下看。言犹在耳，可是水獭曾经叉开手脚躺过的草地上完全是空的。一直到远处水平线都没有水獭的影子。

可是河面上又有一连串水泡。

河鼠哼起了歌，鼹鼠马上想起，按照动物的规矩，不允许在任何时候，由于任何原因或没有任何原因，对朋友的失踪妄加评论。

"好了，好了，"河鼠说，"我想我们该走了。我不知道我们两个当中，最好由谁来把东西装进这个中饭篮子？"听他说话的口气，他丝毫没有抢着要干这件乐事的样子。

"噢，请让我来装吧。"鼹鼠说。那还用说，这件事河鼠自然让他干了。

把东西装进篮子可不像打开篮子拿出东西那么有趣。根本不像。不过鼹鼠决心什么事都津津有味地干，尽管他刚收拾好篮子，把它捆紧，就看见草地上有一个盆子盯着他，等到他重新捆扎好，河鼠又指着一把谁都应该看到的餐叉，直到最后，瞧吧！那个芥末瓶，他一直坐在它上面却不知道……不过不管怎么样，这个工作最后还是完成了，鼹鼠也没发什么火。

下午的太阳已经低下来，河鼠一路轻轻地划船回家，一副神情恍惚的样子，自言自语地哼着诗歌似的东西，不大去理会鼹鼠。不过鼹鼠中饭吃得饱饱的，心满意足，十分得意，外加船也坐惯了（他是这么想的），就有点闲不住，于是他马上说："河鼠仁兄，对不起，我想划划船！"

河鼠微笑着摇摇头。"还不行，我的年轻朋友，"他说，"等你学好了再划吧。划船可不像看上去那么容易。"

鼹鼠安静了一两分钟。可他开始对摇得那么有劲和轻松的河鼠越来越妒忌了，他的自豪感开始悄悄地对他说，他也能丝毫不差地划得一样好。他一下子跳起来抓住河鼠的双桨。实在太突然了，正在望着河水那边还在哼着诗歌什么的河鼠吓了一大跳，离开座位跌到后面去，第二次跌了个两腿朝天。得意洋洋的鼹鼠占了他的座位，信心十足地抓住双桨。

"住手，你这蠢驴！"河鼠从船底叫道，"你不会划！你会让我们翻到水里去的！"

鼹鼠挥舞着把船桨甩到后面，用力往水里一划。可是他的桨根本没有碰到水面，结果他一个倒栽葱，两腿飞过头顶，已经压在趴在船底的河鼠身上。鼹鼠吓了一大跳，一把抓住船舷，接下来——啪啦！

船翻了，他这会儿已经在河里挣扎。

哎哟，水多凉啊，哎哟，水多湿啊！他一直往下沉，沉，沉下去，水在他的耳朵里嗡嗡响！他冒出水面来，又是咳嗽又是吐水，太阳看着是那么亮那么可爱！可他觉得自己又沉下去了，他简直是绝望

啦！就在这时候，一只有力的爪子抓住了他的后颈。这是河鼠，他显然在哈哈大笑——鼹鼠能感觉到他在哈哈大笑，这大笑从他的胳臂传下来，通过他的爪子，一直达到他的——鼹鼠的——脖子。

河鼠抓住一把船桨，插到鼹鼠的胳肢窝里；接着将另一把船桨插到他的另一边胳肢窝里，游到后面，把束手无策的鼹鼠推到岸边，拉了上去，放在岸上，真是好惨的湿淋淋和瘫软的一堆！

河鼠给他按摩了一阵，把他的湿衣服拧干，然后对他说："好了，老伙计！在拉纤路上尽可能使劲地快步来回走，直到你重新暖和起来，身上干了为止，趁这会儿我潜到水里去把篮子捞上来。"

于是垂头丧气的鼹鼠，外面湿淋淋，内心很惭愧，一个劲儿地走过来走过去，要走到身上干透了为止，而河鼠重新扑通一声跳到水里，找到小船，把它翻过来，在岸边拴好，再一点点把他漂在水上的东西捞回来推到岸上，最后潜到水里捞出中饭篮子，带着它挣扎着游回岸上。

等到一切准备好又要重新出发时，垂头丧气、无精打采的鼹鼠坐到船尾他的老位子上。当他们动身时，他激动得结结巴巴地低声说道："好河鼠，我宽宏大量的朋友！我刚才做得又傻又讨人嫌，实在抱歉。一想到我可能失去那漂亮的中饭篮子，我心里就十分难过。一点不错，我实在是一只彻头彻尾的笨驴，我现在知道了。你可以宽容这一次，原谅我，让一切和原先一样吗？"

"那没什么，老天保佑你！"河鼠兴高采烈地回答说，"湿一点对于一只河鼠来说算得了什么呢？在大多数日子里，我在水里比在水外面的时间多。这件事你就别再去想它了。你听我说，我当真认为你最好来跟我住些日子。不过你知道，我的房子十分简陋——它根本不像癞蛤蟆的房子——你还没见过那房子呢，可我还是可以让你过得舒舒服服的。我要教你划船，教你游水，你在水里很快就会同我们任何一个一样灵巧了。"

鼹鼠听他讲得那么友好，感动得找不到话来回答他，不得不用爪子背擦去一两滴眼泪。可是河鼠好心地故意把脸转向别处，不去看他，很快鼹鼠就重新振作起精神，甚至一对红松鸡在争相嘲笑他那副湿淋淋的样子时，他也能够回嘴顶它们了。

等他们回到家，河鼠在客厅里生起了熊熊炉火，让鼹鼠坐在他前面的一把扶手椅上。他从楼上给他拿来了睡衣和拖鞋。他给他讲河上的故事，一直讲到吃晚饭的时候。

对于鼹鼠这只住在土地上的动物来说，这些故事也是够惊心动魄的。故事讲的是堤坝、突如其来的洪水、跃出水面的狗鱼、乱扔瓶子的轮船——至少瓶子的确是扔了，是从轮船上扔下来的，因此推测起来是它们扔的；还讲到苍鹭，说起他们来，他们觉得很特别；讲到在排水管下游的冒险，跟水獭夜里一起去捉鱼，或者跟獾一起到远处的田野上去旅行。晚饭吃得很快活，可是吃完晚饭没过多久，困得要命的鼹鼠就得由他体贴的主人陪着上楼，到最好的一间卧室里去。一到卧室，他就把头放在他的枕头上，极其安宁，心满意足，知道他新找到的朋友，就是那条河，正拍打着他的玻璃窗。

这只是获得解放的鼹鼠接下来许多相似日子中的第一天，随着成熟的夏季到来，日子一天比一天更长，更充满乐趣。他学习游水和划船，进入了奔腾河水的快乐境界；他向芦苇竖起了耳朵，不时听到风在芦苇丛中一直悄悄低语着所说的一些东西。

2 公 路

"河鼠,"一个晴朗的夏天早晨,鼹鼠忽然说,"对不起,我想求你帮个忙。"

河鼠正坐在河边唱着小曲。这支小曲是他刚作好的,因此唱得入了迷,对鼹鼠也好,对什么东西也好,他都不会十分在意。一大清早他就跟他那些鸭朋友在河上游水。当鸭子忽然把他们的头扎进水里倒立时——鸭子是会这样做的——他会潜到水底下去搔他们脖子的痒痒,就搔下巴底下一点的地方,如果鸭子有下巴的话,直到他们不得不赶紧重新浮到水面上来,气急败坏地呷呷叫着,大发脾气,对他抖动羽毛,因为头在水底下是没有办法把感觉到的**所有**东西说出来的。最后他们求他走开,叫他去管他自己的事,让他们管他们的事。河鼠于是走开,坐在岸边晒太阳,编成了这支讲鸭子的小曲。

鸭子小曲

沿着水回流的地方，

穿过高高的灯心草，

鸭子劈劈啪啪在戏水，

个个尾巴翘！

鸭尾巴，鸭尾巴，

黄色鸭脚在乱划，

黄色鸭嘴看不见，

忙着在水下！

泥水里，树丛中，

斜齿鳊鱼在游泳——

这里我们贮食物，

凉爽又丰盛。

想干什么随便干，

我们就喜欢这样：

头朝下，尾朝上，

玩水玩个畅！

在高高的蓝天里，

雨燕打转又鸣叫——

我们却在下面玩着水，

个个尾巴翘！

"我想不出我会对小曲那么重视，河鼠。"鼹鼠谨慎地说。

他不是诗人，谁会重视他都无所谓；可他心直口快，有话就要说出来。

"鸭子也不重视，"河鼠快乐地回答说，"他们说：'为什么不让人在他们喜欢的时候做他们喜欢的事情，而不要别人坐在岸边老看着他们，对他们评头论足，写关于他们的诗呢？真是蠢透了！'鸭子他们就是这么说的。"

"这话不错，这话不错。"鼹鼠热烈赞成。

"不对，这话错了！"河鼠生气地大叫。

"好了好了，不对就不对吧，"鼹鼠用安慰他的口气回答说，"不过我想求你的是，你不能带我去拜访一下癞蛤蟆先生吗？关于他，我听到的太多了，我实在希望认识他。"

"那有什么，当然可以，"好脾气的河鼠说着跳起来，就不去想那支小曲了，"把船拉出来，我们这就划着上他那儿去。去看癞蛤蟆什么时候都不会不合适。早点去晚点去他都一个样。总是脾气好好的，总是高兴看到你，你走的时候也总是舍不得让你走！"

"他一定是一只非常好的动物。"鼹鼠一面说着一面下船，拿起船桨，而河鼠舒舒服服地坐到船尾上去。

"他确实是一只最好的动物，"河鼠回答说，"那么单纯，那么好脾气，那么重感情，他也许不很聪明——不过我们不可能人人都是天才。他可能有点爱吹牛和自高自大。不过他这癞蛤蟆也有他好的地方。"

绕过一个河弯，他们就看到一座漂亮宏伟的古老房子，用色泽柔和的红砖砌成，草地修剪整齐，斜斜地一直伸展到河边。

"那就是癞蛤蟆庄园，"河鼠说，"那里有条小河，它左边有块告示板，上面写着'私人产业，不许停靠'，那小河通到他的船库，我们就到那儿下船。那儿右边是马厩。你现在看着的是宴会厅——它已经很古老了。你知道，癞蛤蟆很富有，在这一带，这确实是最好的房子之一，虽然我们当着癞蛤蟆的面从来不这么说。"

PRIVATE
NO LANDING
ALLOWED

他们顺着小河漂去，到了大船库的阴影里时，鼹鼠收起了他的

船桨。他们看到这里有许多漂亮的小船，或者从横梁上吊下来，或

者拉上了船台，可是没有一只是在水上的。这地方有一种荒废之感。

　　河鼠朝周围看了一下。"我明白了，"他说，"划船已经过时了。

他已经玩腻，不再玩了。我不知道他如今又迷上了什么新玩意儿？

来吧，我们去看看他。马上我们就都听到了。"

他们上了岸，漫步穿过鲜花盛开的草地去找癞蛤蟆，很快就看到他坐在一把柳条椅上休息，脸上一副出了神的表情，膝盖上摊开一幅大地图。

"好极了！"他一看见他们就跳起来大叫，"这真是太好了！"他热烈地跟他两个握手，根本不等河鼠向他介绍鼹鼠，"你们来看我，真是太好了！"他在他们身边团团转地跳着，接下去说，"河鼠，我正要派船到河上去接你，吩咐他们不管你在干什么，一定立刻把你接到这儿来。我太需要你们了——你们两位。现在你们要来点什么？进去吧，吃点东西！你们早不来晚不来，正好在这会儿工夫到我这里，你们真不知道这是多么幸运呢！"

"让我们先安安静静地坐一会儿吧，癞蛤蟆！"河鼠说着，一屁股就坐在一把安乐椅上，鼹鼠也坐到他旁边的一把安乐椅上，客气地称赞了癞蛤蟆的"可爱住所"几句。

"它是全河上下最好的房子，"癞蛤蟆兴高采烈地叫道，"或者可以说是天下最好的房子。"他忍不住又加上一句。

这时候河鼠用胳臂肘顶顶鼹鼠。很不巧，他这样做让癞蛤蟆看见了，他顿时满脸通红，就这样难堪地沉默了片刻。接着癞蛤蟆一下子又哈哈大笑。"对，河鼠，"他说，"你知道，这只是我的老脾气。不过这房子还不算太坏，对吗？你知道，你自己也是十分喜欢它的。好，你听我说。让我们讲正经的吧。你们正是我所要找的。你们得帮我个忙。这件事再重要不过了！"

"我想是关于你划船的事吧，"河鼠用天真的口气说，"你已经划得不错了，虽然水溅得还是太厉害一些。只要更耐心，多练习，你可以……"

"哼，划船，呸！"癞蛤蟆打断他的话，觉得十分倒胃口，"那是孩子玩的无聊游戏。我早就不干了。划船只不过是纯粹浪费时间。你们本该更明事理，但我看到你们把全部精力那样毫无目的地浪费掉，我简直是难过透了。不，我已经发现了一件真正的事情，一生中惟一值得去干的工作。我打算把我的余生都奉献给它，我只能为

过去浪费在琐碎小事上的年月感到后悔。跟我来吧，亲爱的河鼠，还有你这位亲爱的朋友，如果他肯赏脸的话。不用走远，只走到马厩那儿，你们就能看到你们将看到的东西了！"

  他说着带路上马厩去，河鼠带着极其怀疑的表情跟在后面。到了那里，他们看见一辆吉卜赛人大篷车从车房里拉到了外面露天里，新簇簇的闪闪发亮，漆成鲜黄色，用绿色衬托，车轮是红色的。

"你们瞧！"癞蛤蟆叫道，叉开了腿，神气得不得了，"这辆车才是一个人真正的生活。阳关大道，尘土飞扬的公路，石楠丛生的荒地，公地，一排排的灌木，起伏的丘陵！帐篷，农村，乡镇，城市！今天到这里，明天到那里！旅行，变换地方，有趣，兴奋！整个世界呈现在你面前，地平线不断变化！告诉你们吧，自从制造这种车以来，这是最好的一辆，毫无例外。上车看看它的内部装潢吧。全是我亲自设计的，是我！"

鼹鼠兴趣大极了，兴奋极了，急忙跟着他上车镫，钻进篷车。而河鼠只是哼了一声，把双手深深地插到他的口袋里，站在那里一动也不动。

车里确实布置得非常紧凑舒适。一些小睡铺——靠墙折起来的一张小桌子——一个炉子，一些柜子，几个书架，笼子里一只小鸟，还有大大小小、形形色色的瓦罐、煎锅、水壶和茶壶。

"一应俱全！"癞蛤蟆打开一个柜子,得意地说,"你们看——饼干、罐头、龙虾、沙丁鱼——你们要什么有什么。这里是苏打水——那里是烟草——信纸、熏肉、果酱、扑克牌和骨牌——样样你们都可以找到。"他们重新下车级时，他一个劲儿地说下去，"我们今天下午动身的时候，你们会发现一样东西也没有忘掉。"

"对不起，"河鼠嚼着一根干草，慢腾腾地说，"我是不是听到了你说什么'我们'、'今天下午'、'动身'？"

"好了，你这位亲爱的好河鼠，"癞蛤蟆求他说，"别又用那种硬邦邦和傲慢的口气说话了，因为你知道你怎么也得去。没有你我就怎么也对付不了，因此请你认为这算是讲定了，不要再争——就这件事我受不了。你绝不会想老死在你那条乏味的老臭河上，住在岸边一个窟窿里，跟一只小船打一辈子交道吧？我要让你看看世界！我要使你变成一只动物，我的好伙计！"

"我全不管，"河鼠固执地说，"我不去，这是没有还价的。我就是要照老样子老死在我那条古老的河上，仍旧住在一个窟窿里，仍旧跟小船打一辈子交道。还有，鼹鼠也要跟我在一起，像我一样做，对吗，鼹鼠？"

"当然对，"鼹鼠忠心耿耿地说，"我要永远跟你在一起，河鼠，你说什么就是什么——一定是什么。不过你知道，他的话听起来也许倒是……嗯，挺有趣的！"他难过地加上一句。可怜的鼹鼠！冒险生活对他来说太新鲜，太刺激了；它的这个新鲜劲儿太有诱惑力了；他头一眼看见这辆黄色的篷车和它所有的小摆设就给迷上了。

河鼠看出他心里在想什么，也就产生动摇。他不爱看别人失望，他喜欢鼹鼠，几乎愿意做任何事情来使他得到满足。癞蛤蟆紧紧盯住他们两个看。

"进去吃点中饭吧，"他使用外交手腕说，"我们不妨好好商量商量。有事情我们不必匆匆忙忙作出决定。当然，我实在无所谓。我只要给你们两位快乐。'活着为别人！'这是我一生中的座右铭。"

吃中饭时——这顿中饭当然是呱呱叫的，正如癞蛤蟆庄园的一切东西都是呱呱叫的一样——癞蛤蟆简直使出了浑身解数。他不去理会河鼠，却像摆弄竖琴一样摆弄那位没有经验的鼹鼠。他天生是一只健谈的动物，总是受他的想像力左右，爱用那么鲜明的色彩来描绘旅行中的景色、露天生活和路边的快乐，鼹鼠听着听着，兴奋得在他那把椅子上坐也坐不住了。不管怎么说，三个人看来很快都认为，去旅行当然是定下来的了；河鼠虽然心中还有疙瘩，却也就让他的好脾气压倒了他个人的反对意见。他不能使他的两个朋友感

到失望，他们已经埋头在作未来打算，要安排出以后几个星期中每天的不同节目。

等到他们完全准备好，这时候获得全胜的癞蛤蟆带着他的两个朋友来到牧马场，让他们去捉住那匹灰色老马。癞蛤蟆不先跟它商量，就派它去干这次灰尘滚滚的旅行中最灰尘滚滚的活儿，它感到极其恼火。它坦率地表示情愿待在牧马场里，因此捉它花了不少工夫。趁这时候，癞蛤蟆在那些柜子里把需要的用品塞得更满，在车底下挂上一个个草料袋、一网袋一网袋洋葱、一捆捆干草，还有一篮篮东西。最后马被捉到，并且套上了车，于是他们同时七嘴八舌地说着话出发了，或者走在篷车旁边，或者坐到车杠上，全凭他们自己高兴。这是一个金色的下午。他们踢起来的灰尘香气馥郁，使人高兴；

在大路两旁茂密的果园里，小鸟快活地向他们啼叫和鸣啭。友好的路人在他们旁边经过，向他们问好，或者停下来赞美他们那辆美丽的篷车；坐在树篱里家门口的兔子举起前爪说："噢，天啊！天啊！天啊！"

到了晚上，他们又累又快活，离家许多英里，来到远离人烟的荒野上，把马放开，让它去吃草，他们自己坐在车旁的草地上吃他们简单的晚餐。癞蛤蟆夸夸其谈地说他来日要做的种种事情，这时候在他们四面八方，星星越来越密，越来越大，一轮黄色的月亮忽然从老地方静静地出来跟他们做伴，听他们谈话。最后他们上车到他们的小卧铺上；癞蛤蟆踢着被子把腿伸出来，睡眼惺忪地说："好了，朋友们，晚安！对于一个绅士来说，这才是真正的生活呢！讲讲你那条古老的河吧！"

"我才不讲我那条河呢，"忍耐着的河鼠回答说，"你知道我不会讲的，癞蛤蟆。不过我想着它，"他充满感情地补充说，声音很轻，"我想着它……时刻在想着它！"

鼹鼠从他的毯子下面伸出爪子，在黑暗中摸到河鼠的爪子捏了一下。"你喜欢做什么我就做什么，河鼠，"他悄悄说，"我们明天早晨就跑掉好吗，很早很早—— 一大清早——回到我们河上那个亲爱的古老的洞里去？"

　　"不，不，我们要坚持到底，"河鼠悄悄回答他，"十分感谢，不过我得死死跟着癞蛤蟆，直到这次旅行结束。丢下他一个不安全。不会要很长时间的。他只是五分钟热度。晚安！"

　　的确，旅行结束得甚至比河鼠想的还要快。

　　吸了那么多的野外空气，过了那么兴奋的一天，癞蛤蟆睡得非常熟，第二天早晨怎么摇他也没法把他摇醒让他起床。因此鼹鼠和河鼠静静地、果断地干了起来，当河鼠照料那匹马，生起火，洗干净昨晚那些杯盘，着手做早饭的时候，鼹鼠走了很远的路到最近的村庄去弄牛奶、鸡蛋和种种癞蛤蟆自然忘了带的东西。等到所有的苦差事都做好，两只动物精疲力竭地在休息的时候，癞蛤蟆这才露脸，又精神又快活，说叫人又操心又操劳的家务活甩掉以后，他们这会儿所过的生活是何等轻松愉快。

这一天他们快快活活地漫步在高低起伏的草冈上和羊肠小道上，照旧在一块荒地上宿营，不过这一回两位客人留意着让癞蛤蟆做他该做的一份活儿。结果，在下一天早晨要动身的时候，癞蛤蟆对这种简单的原始生活就不那么欢天喜地了，他实在想在他的睡铺上继续睡大觉，却被硬拉起来。他们照旧抄小道穿过田野，到下午才来到公路——他们到的第一条公路，就在这个地方，没有料想到的大祸一下子临头——对于他们的旅行来说，这祸的确是够大的；而对癞蛤蟆来说，它几乎葬送了他的后半生。

他们当时正顺着公路轻松地慢慢走着。鼹鼠走在马头旁边，跟它在谈心，因为马已经在抱怨大家根本不理它，丝毫不关心它。癞蛤蟆和河鼠走在车后面，一路交谈——至少是癞蛤蟆在谈，河鼠只偶尔说一声："对，显然是这样，你对他可怎么说呢？"——可他心里一直在想着别的事情。正在这时候，他们听到后面远远传来一阵微弱的嗡嗡声，就像是远处一只蜜蜂在嗡嗡响。他们回过头去，只见后面有一小股灰尘，中间是一个旋转着的黑点，以无法相信的速度向他们直奔而来，而在那股灰尘中发出微弱的"噗噗"声，像是一只受伤的动物在哀号。他们不怎么注意它，转过脸来要继续他们的谈话，就在这时候，一下子（他们觉得是这样）和平的景象全变了，一股狂风和一阵喧闹声使得他们跳到最近的一个壕沟里去，它们是冲着他们来的！刺耳的"噗噗"声在他们耳朵里轰响，他们一眨眼间看到了闪光玻璃里面的汽车内部和贵重的摩洛哥皮，那是一辆豪华的汽车，又大，又叫人心惊胆战，又凶暴，它的司机紧张地握住方向盘，一转眼间它就主宰了整个大地以及大气，扬起一大团灰尘，蒙住了他们的眼睛，完全把他们包围了，接着又在远处缩小成一个黑点，又一次变成一只嗡嗡响的蜜蜂。

那匹灰色老马本来在一路沉重缓慢地走着，想着它那个安静的牧马场，而在这样一种从未碰到过的新情况下，它简直恢复了天生的野性。它又是倒退，又是向前冲，接着一直向后走，尽管鼹鼠在它的头边花尽一切力气，说尽一切好话来开导它，要使它觉得好一些，可它还是把车朝后向路边的深沟拉去。车摇晃了一下……接着是啪啦一声，发出使人心碎的巨响……那辆黄色的车子，他们的骄傲和他们的快乐，侧身倒在沟里，无可挽回地毁了。

河鼠在公路上跳来跳去，气得发狂。"你们这些恶棍！"他晃动着两个拳头大叫，"你们这些无赖，你们这些拦路抢劫的强盗！你们……你们……这些破坏交通的司机……我要去告你们！我要告状！我要拉你们到一个个法庭去过堂！"他的思家病完全离开他溜走了。

这时候他暂时成了那艘黄色船的船长，它被对方那艘船粗心地撞得搁了浅。他拼命要想出最刺人的骂人话来，碰到小火轮开得太靠近岸边，大冲大洗害得他家的客厅地毯遭到水淹时，他也是常用这种话来骂小火轮主人的。

癞蛤蟆直挺挺地坐在满是灰尘的公路当中，向前伸直了双腿，死死盯住那辆汽车消失的方向看。他呼吸也急促了，脸上却流露出一种平静和满足的表情，不时轻轻地嘟囔两声："噗，噗！"

鼹鼠忙着在使那匹马安静下来，过了一会儿总算做到了。接着他去看侧倒在壕沟里的篷车。看着真令人心酸。车身板和窗子撞碎了，车轴弯得没法再修，一个车轮脱落，沙丁鱼罐头撒了一地，鸟笼里的鸟可怜地在抽泣，叫唤着要把它放出来。

　　河鼠过来给鼹鼠帮忙，可是他们两个的力气合起来还是扶不起篷车。"喂！癞蛤蟆！"他们叫道，"来帮一把行吗！"

　　癞蛤蟆也不回答一声，也不从他坐着的路上动一动，他们两个于是走过去看他出了什么事。他们发现他走了神，面带微笑，两眼仍旧盯住毁了他们车子的汽车所留下的灰尘看，不时还依然听见他嘟囔两声："噗，噗！"

　　河鼠摇着他的肩头。"你到底来不来帮我们的忙啊，癞蛤蟆？"他狠狠地问他。

"多么激动人心的宏伟场面啊！"癞蛤蟆嘟囔着说，一点儿也没有要移动的样子。"这是动的诗！这是旅行的真正方式！这是旅行的惟一方式！今天在这里，明天已经走下礼拜的路程！乡村掠过，城镇跳过——总是不同的地方！噢，好大的福气啊！噢，噗噗！噢，天啊！噢，天啊！"

"噢，你别傻了，癞蛤蟆！"鼹鼠拼命地大叫。

"你们想想吧，我竟然一点也不知道！"癞蛤蟆用梦幻似的独白说下去，"我白白活了那么多个年头，我竟一点也不知道，甚至做梦也没想到过！可现在……可现在我知道了，现在我充分领会到了！噢，从今以后，我面前将展开一条多么绚烂多彩的道路啊！当我飞也似的拼命开的时候，我后面将扬起怎么样的滚滚灰尘！我伟大的开端一来，我将把怎么样的大车都随便扔到壕沟里去啊！讨厌的马车……不足道的马车……黄色的马车！"

"我们拿他怎么办呢？"鼹鼠问河鼠说。

"一丁点儿办法也没有，"河鼠斩钉截铁地回答，"因为实在没有办法。你瞧，我早就知道他会这样。他这会儿是给迷住了。他迷上新的东西，一开头总是这副样子的。如今他将有好些日子要这样下去，就像一只动物快乐地梦游，心不在焉。别去管他。让我们去看看有什么办法能弄出那辆篷车吧。"

仔细检查一番，他们终于知道，就算他们能靠两个人的力气把车扶起来，车也再走不了了。车轴全然修不好，那个掉下来的车轮也四分五裂了。

河鼠把马的缰绳结在马背上，一只手抓住马头，牵着它，另一只手提着鸟笼，笼里那只鸟正在歇斯底里大发作。"来吧！"他坚决地对鼹鼠说，"到最近的一个镇大概有五六英里，我们只好走着去了。越早动身越好。"

"可癞蛤蟆怎么办？"他们两个一起出发时，鼹鼠着急地问，"我们总不能把他丢在这里，让他独自一个坐在大路当中啊。那么发神经病似的！这样不安全。万一又有一辆汽车开过来呢？"

"噢，讨厌的癞蛤蟆，"河鼠很凶地说，"我跟他一刀两断了！"

他们一路上还没走多远，到底听到了他们后面啪哒啪哒的脚步声，癞蛤蟆追上来了，伸出爪子，一边一只挽着他们的手肘，依然呼吸急促，神情恍惚。

"喂，你听着，癞蛤蟆！"河鼠狠狠地说，"我们一到镇上，你就得直接上警察局，问他们知道不知道那辆汽车是谁的，告它的状。然后你上铁匠铺或者车轮修理铺去，找人把篷车拉去修好。修车得花时间，不过撞得还不是完全不能修好。趁这会儿工夫，鼹鼠和我上客栈去租两个舒服的房间，住到那辆篷车修好，你那受了刺激的神经也复原为止。"

"警察局！告状！"癞蛤蟆像做梦似的嘟囔说，"叫我去告那上天赐给我的美丽而绝妙的东西！修理篷车！我永远不要篷车了。我永远不要再看到它，永远不要再听到说它了。噢，河鼠！你肯同意作这次旅行，你真想不到我是多么感谢你！你不来我也不会来，那我就永远看不到那……那天鹅，那阳光，那晴天霹雳！我就会永远听不到那迷人的响声，也闻不到那迷人的气味了！全都亏了你，我最好的朋友！"

河鼠失望地转过脸不去看他。"你看到了吧？"他隔着癞蛤蟆的头对鼹鼠说，"他已经完全无可救药。我就算了……一到了镇上我们直接上火车站去，运气好的话还能赶上火车，今夜就回到河岸那儿。你再也不会看到我跟这个叫人生气的家伙出门玩了！"他哼了一声，在接下来的长途跋涉中，他只跟鼹鼠说话。

一到镇上，他们直接上火车站，把癞蛤蟆留在二等车候车室，给一个搬运工人两便士，请他把癞蛤蟆看好。接着他们把马存放在客栈的马厩里，对篷车和车上的东西也尽可能作了安排。最后一辆慢车把他们带到离癞蛤蟆庄园不很远的一个车站，他们把神魂颠倒、边睡边走的癞蛤蟆送到他家门口，推他进门，吩咐他的管家给他吃东西，替他脱掉衣服，放他上床去睡。然后他们把他们的小船从船库里拉出来，划着它顺流而下，回到家里，很晚才在他们自己河边的舒适客厅里吃晚饭，河鼠这下觉得快活之至，心满意足。

　　第二天傍晚，起床晚又悠闲地过了一整天的鼹鼠坐在河边钓鱼，这时河鼠上朋友家串门聊天回来，一路上走着在找他。"这个新闻听到了吗？"他说，"整个河岸只谈论一件事情。癞蛤蟆今天早晨坐早班车进城去了。他订购了一辆又大又无比昂贵的汽车。"

3 原始森林

　　鼹鼠早就想认识獾。听大家说到獾，獾俨然是一位要人，虽然难得露脸，周围所有的人都会感觉到他的无形影响。可是鼹鼠每次向河鼠提到他的这个希望，总被河鼠挡掉。"没问题，"河鼠会说，"獾总有一天要露脸的⋯⋯他经常露脸⋯⋯到时我给你介绍。他是好人中最好的人！不过你看到他别显出你在找他，而只是装作偶然碰到他。"

　　"你不能请他上这里来吗——吃顿晚饭什么的？"鼹鼠说。

　　"他不会来的，"河鼠简短地回答说，"獾讨厌交际、邀请、吃晚饭和诸如此类的事情。"

　　"那么我们去拜访他呢？"鼹鼠提议说。

　　"噢，我可以断定他根本不高兴人家去拜访他，"河鼠听了十分吃惊地说，"他太怕羞了，这样做一定会得罪他的。虽然我跟他那么熟，连我也不敢上他家去拜访。再说我们也没有办法去拜访他。根本无法考虑，因为他住在原始森林的深处。"

"就算他是住在那里，"鼹鼠说，"可你知道，是你告诉我说，这个原始森林没什么可怕的。"

"噢，我知道，我知道，它是没什么可怕，"河鼠含糊其辞地回答说，"不过我想我们不能现在就去。现在还不能去。路很远，不管怎么说，一年里的这个时候他不会在家，只要你安静地等着，他总有一天会来的。"

鼹鼠只好满足于这句话，可是獾一直没有来。每天却也有每天的乐趣，一直到夏天早已过去，外面天寒地冻，满地泥泞，他们大部分时间只好待在室内，涨水的河在他们窗外奔腾，水流快得使他们无法划船，这时他的思想才又老是萦绕着那只在原始森林深处的洞里过活的孤独的老獾。

冬天里河鼠早睡晚起，睡得很多。在他短短的白天里，他有时涂点诗，或者做点零碎家务。当然，经常有客人来串门聊天，所以他们讲了许多故事，对过去了的夏天和它的种种事情交换了不少看法。

当一个人回顾所有这些往事时，那真是丰富多彩的一章！还有那么多色彩鲜艳的图画！河岸的景色不断变换，接连翻开一幅幅风景画。紫色的珍珠菜开得早，在镜子似的河边摇晃着它们密密的一簇簇美丽花朵，而在水里，它们自己的脸又回过来对它们笑。紧接着而来的是沉思般的细嫩柳草，它们宛如落日时的一片粉红色云彩。紫的和白的雏菊手拉着手向前蔓延，在岸边占据它们的席位。最后有一天早晨，羞怯和迟来的蔷薇姗姗出场。大家就像听到弦乐用转入加伏特舞曲的庄严和弦宣布：六月终于来到了。全体当中还有一

个伙伴在等待着：仙女们追求的牧童，淑女们在窗边等着的骑士，要把睡着的夏天吻醒过来相爱的王子。可是当快活轻松、香气喷鼻、穿琥珀色紧身上衣的绣线菊优雅地走到大伙中他的位置上时，戏就可以开场了。

这曾经是多么好的一场戏啊！昏昏欲睡的动物当风雨一敲打他们的门时就蜷伏在他们的洞里，回想着那些美好的早晨，日出前一小时，白雾还没散，笼罩着水面；接着是清早的游泳，河边的蹦蹦跳跳，大地、空气和水的色彩变幻，这时太阳一下子已经又跟他们在一起，灰色变成金色，色彩又一次诞生，跳到地球上来。他们回想着炎热中午在绿丛深处倦慵的午睡，从叶间射进来的太阳的金色光线和光点，下午的划船和游泳，在尘土飞扬的小路上和金黄色麦田间的漫步；最后是漫长的凉快傍晚，这时候交谈了那么多各人的事，加深了那么多的友情，为明天作出了那么多的冒险计划。在冬天那些短促的白日里，动物们围着火堆谈个没完，不过鼹鼠还是有不少空闲时间，因此有一天下午，当河鼠在他那把扶手椅上对着炉火打会儿盹又押会儿韵的时候，鼹鼠拿定了主意要独个儿到原始森林去探险，说不定还能认识那位獾先生。

他悄悄走出温暖的客厅来到露天里时，外面是一个寒冷宁静的下午，头顶上是铁灰色的天空。他周围的田野光秃秃的，树上一点叶子也没有，他觉得从来没有像在这个冬天的日子里那样看得远，那样亲切地看到万物的内部。这时大自然正深深进入一年一度的冬眠，好像把披的东西都踢掉了。灌木丛、小山谷、石坑和各种隐蔽地方，在树叶茂密的夏天曾经是探险的神秘宝库，如今却让自己和自己的秘密全部可怜巴巴地暴露出来，好像请他来看一下它们暂时的穷相，直到将来有一天，它们能像过去那样重新沉溺在辉煌的化装舞会中，用古老的骗术来骗他、诱惑他。这一方面是可怜巴巴的，然而，另一方面又是快活的——甚至叫人兴奋。他很高兴他喜欢田野这种不加打扮、赤裸裸、脱去华丽服饰的样子。他已经来到它光裸的骨骼处，它们很好，很结实，很单纯。他不要保暖的三叶草和播草的把戏，看来最好不要有树篱的掩蔽，山毛榉和榆树的翻腾的帷幕。他满心欢喜地向原始森林前进，它低低地、怕人地横在他面前，犹如平静的南海中一块黑色的大礁石。

刚进森林时没什么东西使他害怕。树枝在他脚下嘎吱嘎吱响，断树绊他的脚，树墩上的蘑菇像模仿什么东西的样子，由于和远处一些熟悉的东西太像了而使他一下子大吃一惊。不过这一切全都有趣和令人兴奋。他一路上走，越来越深入到亮光少了而树木越来越密的地方，两边一些洞穴对他张开难看的嘴巴。

现在万籁俱寂。他的前后不断很快地暗下来，光线看着像流水一样枯竭下去。

接着开始露出一张张脸。

他先是一转脸，觉得模模糊糊看见了一张脸：一张凶恶的小三角脸，从一个洞里盯着他看。等到他向它转过身来，那东西不见了。

他加快步子，快活地关照自己别去胡思乱想，胡思乱想下去就会没有个完。他经过另一个洞，又一个洞，又一个洞；接着……是的……不是……是的！确实有一张窄长小脸，长着冷峻的眼睛，在一个洞里一闪不见了。他犹豫了一下……打起精神继续向前走。接着忽然之间，好像一直就是如此远近的几百个洞，每一个洞看着各有一张脸，出现得快去得也快，全都用恶意和憎恨的眼光瞪着他：全都冷峻、恶毒和凶狠。

他想，只要他能离开旁边这些洞，就不会再有那些脸了。于是他离开小路，溜进林中没有人踩过的地方。

这时候呼啸声开始了。

他最先听到时，这声音很微弱很尖厉，在他后面很远，可它还是使得他急急忙忙向前走。接着，这声音依然很微弱很尖厉，却是在他前面远处，他不由得犹豫了一下，想要转身往回走。当他还站在那里犹豫不决的时候，声音在两边响了起来，好像此呼彼应，通过整个森林直到它的尽头。不管它们是什么动物，它们显然都起来了，充分警惕，做好了准备。可他……他就只有独自一个，赤手空拳，无处求救；黑夜却在降临。

接着嚓嚓声响起来。

他起先以为这只是落叶，声音那么轻柔。接下来它带有均匀的节奏，他于是明白，这只能是小脚的嚓嚓声，不过还是离得很远。它是在前还是在后呢？听下来好像是在前，接着又好像是在后，接着却好像又是在前又是在后。声音大起来了，多起来了，直到他靠到这边靠到那边着急地听时，这声音好像从四面八方包围了他。他正一动不动地站着倾听时，一只兔子穿过林子向他狂奔过来。鼹鼠等着，希望他放慢脚步，或者转弯避开自己而跑向另一个方向。可是相反，兔子飞也似的奔过来，几乎擦着他，兔子的脸又板又凶，两眼盯住他看。"走开，你这笨蛋，走开！"鼹鼠听见他咕哝着，在一个树墩旁边转了一圈，钻进一个就在那里的洞不见了。

那嚓嚓声越来越响，直到它听着像是一场突然的冰雹落在他周围的厚厚一层干树叶上。现在整个森林都像在奔跑，拼命地跑，追逐着，围堵着什么东西，或者……什么人？他一阵惊慌，也开始跑了起来，茫无目的，也不知道跑些什么。他一路跑，碰到一些什么东西，倒在一些什么东西上面，落到一些什么东西里面，冲到一些什么东西底下，躲开了一些什么东西。最后他躲到一棵老山毛榉树

的又深又黑的洞里，在那里面可以隐藏起来……甚至也许很安全，可是谁说得出来呢？不过不管怎么说，他已经累得再也走不动了，只能蜷伏在洞里堆着的干草上图一个苟安。当他这么躺在那里直喘气和发着抖，听着外面的呼啸声和嚓嚓声时，终于完全明白了，这就是那可怕的东西，田野上和树丛里的其他小居民碰到了都认为是他们最黑暗时刻的那可怕的东西，这就是河鼠徒然想要躲开的那可怕的东西——原始森林的恐怖！

　　而在这时候，河鼠却又温暖又舒服，在他的火炉旁边打着盹。他那张诗写了一半的纸从他的膝盖上滑到地上，他的头向后靠，嘴巴张开，他梦里正在翠绿的河边漫步。接着一块煤滑下来，火噼噼啪啪，迸发出一闪的火焰，他一下子惊醒了。他想起他本来在干什么事情，伸手到地上去捡起他那半首诗，仔细地看了一阵，接着转脸找鼹鼠，想问问他是不是知道有个什么好字眼可以押韵。

　　可是鼹鼠不在客厅里。

　　他倾听了一会儿。整个屋子里听上去十分安静。

接着他叫了几遍："鼹鼠！"可是没听到回答。他连忙站起来到外面门厅去看。

鼹鼠经常挂他那顶帽子的钩子上，帽子不见了。鼹鼠经常放他那双套鞋的雨伞插架旁边，套鞋也不见了。

河鼠走出门，仔细地察看外面的泥地，希望能找到鼹鼠的脚印。脚印有了，一点没错。套鞋是新的，刚买来过冬，鞋底的疙瘩又新又尖。他在泥地上看到它们的痕迹，显然是一直通向原始森林。

河鼠表情严肃，沉思着站了一两分钟。接着他重新走进屋子，在腰间围上皮带，皮带上插上两把手枪，拿起靠在门厅角落的一根粗棍，就快步上原始森林去。

当他来到森林边沿时，天已经黑下来。他毫不犹豫地钻进林子，焦急地向两边寻找他朋友的踪迹。到处有邪恶的小脸从洞里探出来，可是一看见这威武的动物、他的手枪和他手里抓着的难看大木棍，马上又缩回去不见了。他刚进林子时很清楚地听到的呼啸声和嗒嗒声渐渐消失，一切都静悄悄的。他果断地一路穿过林子，来到最远一头；接着他抛弃了所有的小路，动身横穿森林，用心地察看整个地面，一直不停地呼唤着："鼹鼠，鼹鼠，鼹鼠！你在哪里呀？这是我……是我老河鼠！"

他耐心地穿过林子，找了一个多钟头，最后总算听到轻轻的一声回答，他这高兴劲儿就不用提了。他循着这声音一路穿过越来越深的黑暗，来到有个树洞的山毛榉老树脚下。正是从这树洞里，传出一个微弱的声音说："河鼠！这真是你吗？"

河鼠爬进树洞，在里面找到了鼹鼠。鼹鼠已经精疲力竭，还浑身在哆嗦个不停。"哎呀，河鼠！"他叫道，"我吓成那样，你真想也想不出来！"

"噢，我完全能想出来，"河鼠安慰他说，"你真不该这么出来，鼹鼠。我尽了我的力量使你别这么干。我们这些住在河岸的居民难得独自上这儿来。一定要来至少也是结着伴来的，那就没事了。再说这里要注意的事成百成千，这些事我们知道，可你还不知道。我说的是口令、标志、有效力的话，还有装在你衣袋里的植物、你要背诵的诗、你要玩的把戏和巧计。你知道的话，这些东西再简单不过，但你是小动物，就得知道这些，不然你会有麻烦。当然，如果你是獾或者水獭，那又是另一回事了。"

"勇敢的癞蛤蟆先生独自上这儿来的话，一定不会在乎的吧，对吗？"鼹鼠问道。

"那癞蛤蟆老兄？"河鼠尽情大笑着说，"他独自一个才不会在这儿露脸呢，哪怕给他整整一帽子金币也不干，癞蛤蟆不会来的。"

鼹鼠听到河鼠这样随便大笑，又看到他的木棍和闪亮的手枪，高兴极了，不再哆嗦，开始觉得胆子大一些了，也慢慢恢复常态了。

"好，"河鼠马上说，"我们的确得振作起精神来，这就动身回家，趁天还有点儿亮。你要知道，在这儿过夜可是怎么也不行的。只说一点就够：这儿太冷了。"

"亲爱的河鼠，"可怜的鼹鼠说，"我实在抱歉极了，不过我简直精疲力竭，这却是事实。要我回家的话，你怎样也得先让我在这儿

再休息一会儿，好恢复恢复我的体力。"

"唉，那好吧，"好脾气的河鼠说，"那就休息一会儿吧。反正这会儿就要黑透了，过一会儿应该有点月光。"

于是鼹鼠钻到干树叶里去伸直身体躺下，很快就睡着了，虽然睡得很不安稳；而河鼠也尽可能盖得暖和点，耐心地躺在那里等着，手里抓着一把手枪。

等到鼹鼠最后醒来，他精神好多了，又回复到他平时那种神气。河鼠说："好了！让我看看外面是不是全都安安静静的，然后我们实在非走不可了。"

他走到他们那避难所的洞口，把头伸出去。接着鼹鼠听到他轻轻地自言自语说："啊！啊！这儿……在……下了！"

"下什么呀，河鼠？"鼹鼠问道。

"下上雪了，"河鼠简短地回答，"或者应该说：下下雪了。雪下得挺大的。"

鼹鼠走过来，蹲在他身边朝外望，看见曾经使他那么担惊受怕的森林完全变了样。所有的洞穴、树洞、水坑、陷阱和其他旅行者担心的东西全都一下子不见了，到处铺着闪闪发亮的仙境中的地毯，看上去实在可爱，叫人舍不得用粗鲁的脚去践踏它。满天是很细的雪粉，碰到脸颊有一点刺痛的感觉。黑色的树干被下面射上来的光照出来。

"唉，唉，没有办法，"河鼠思索了一会儿以后说，"我想我们还是得动身，就碰碰运气吧。最糟糕的是，我不能确切知道我们这是在什么地方。如今这场雪把一切都完全变得认不出来了。"

的确是这样。鼹鼠认不出这是原来的森林。不过他们还是勇敢地出发，走看来最可靠的路线，互相支持，始终快活地装作碰到的每棵冷冰冰地、静悄悄地迎接他们的树都是老朋友，或者装作在千篇一律的白色空间和毫无分别的黑色树干之间看到了通道、缺口和小径，连对它们的拐弯处也是熟悉的。

一两个钟头以后——他们已经算不清时间了——他们停了下来，垂头丧气，精疲力竭，完全不知道怎么办好，在一棵倒下的树干上坐下要喘喘气，同时考虑接下来怎么办。他们累得腰酸背疼，摔得到处是伤；他们跌进过几个洞，已经浑身湿透；雪太深了，他们好不容易才拔出他们短小的腿一步步走起来；树木也越来越密，越来越相似了。这个森林像是没有头，也没有尾，到处没有两样，而最糟糕的是没有路可以走出去。

"我们不能在这儿坐得太久，"河鼠说，"我们得继续努力，想点办法。不管做什么事都太冷了，雪也会很快就深得我们走也没法走。"他盯着鼹鼠看，动着脑筋。"你听我说，"他往下说道，"我想得这么办。我们前面有一个小山谷，那里看看全都是些墩墩。我们要一路下到那里去，想办法找到一个躲避的地方，一个干的岩洞或者窟窿，可以躲躲雪避避风，我们在那里休息个够再动身，因为我们两个都精疲力竭了。再说雪可能停，或者情况会有变化。"

于是他们又一次走起来，挣扎着下到那山谷里，在那里寻找一个岩洞或者一个干的角落可以躲避刺骨的风和飞舞的雪。他们正在找一个河鼠提到过的墩墩时，鼹鼠忽然绊了一跤，大叫一声，脸朝下趴在地上。

"哎哟，我的腿！"他叫道，"哎哟，我可怜的小腿骨！"接着他在雪地上坐起来，用他的两只前爪搓他的一条腿。

"可怜的老鼹鼠！"河鼠亲切地说，"看来你今天运气不大好，对吗？让我来看看你的腿吧。不错，"他一面跪下来看一面说，"你的小腿骨的确伤了。你等着让我把手帕拿出来，我来给你把它包扎好。"

"我一定是绊到看不见的树枝或者树桩上了，"鼹鼠苦恼地说，"哎哟！哎哟！"

"这是一道伤，"河鼠重新仔细地检查着说，"绝对不是树枝或者树桩弄破的。看来是给一样金属东西的边划破了。这就奇怪啦！"他沉思了一下，然后去察看他们周围的墩墩和斜坡。

"得了，别管是什么东西弄破的，"鼹鼠痛得忘了说规范的话，"不管什么东西弄破，反正一样痛。"

可是河鼠用他的手帕把鼹鼠的腿仔细地包扎好以后，离开了他，忙着在雪地里又扒又挖。他又是扒，又是刨，又是察看，四条腿都忙个不停，而鼹鼠没有耐心地等待着，不时说一句："噢，来吧，河鼠！"

忽然河鼠叫起来："好极了！"接着又叫，"好极了——好——极——了——好——极——了！"他在雪地上一下子跳起优美的快步舞来。

"你到底找到什么了，河鼠？"鼹鼠还在搓着他的腿，问道。

"你过来看！"兴高采烈的河鼠一面跳舞一面说。

鼹鼠瘸着腿走到那里，好好地看了一下。

"这个嘛，"他最后慢腾腾地说，"我看清楚了。这种玩意儿以前见过，见得多了。我得说，是熟悉的东西，一个放在门口的刮泥器！好，又怎么啦？干吗绕着一个刮泥器跳舞？"

"可你不知道这是什么意思吗？你……你这迟钝的家伙？"河鼠不耐烦地嚷嚷说。

"我当然知道这是什么意思，"鼹鼠回答说，"这意思只不过是有个非常粗心和健忘的人，他把他门口的刮泥器失落在原始森林里了，就落在准会把每一个人都绊倒的地方。我说他真没脑子。等我回家我要提抗议，提到……提到什么人那里去，不提才怪呢！"

"哎呀！哎呀！"河鼠对他的迟钝大为扫兴，叫着说，"好了，别再吵了，你来刮雪吧！"他说着又动起手来，刮得雪飞到四面八方。

他这么又刮了一阵，终于有了结果：露出了一块十分破旧的门垫。

"瞧，我跟你怎么说的？"河鼠极其得意地说。

"根本算不了什么，"鼹鼠十拿九稳地回答说，"这个嘛，"他说下去，"看来只是你找到了另一件家用破烂，用坏了，扔掉的，可我觉得你还高兴得不得了。还是继续围着它跳你的舞吧，如果你一定要跳的话，这样跳完了，我们也许就能继续上路，免得再在这种垃圾堆上浪费时间。门垫可以吃吗？门垫底下可以睡吗？门垫上可以坐着滑雪回家吗？你这叫人生气的啮齿动物！"

"你……这……是……说，"兴奋的河鼠叫道，"这门垫没告诉你什么事情吗？"

"说实在的，河鼠，"鼹鼠极其生气地说，"我觉得这种傻话我们说够了。谁听说过一块门垫会告诉人什么事情？它们根本不会诉说。它们完全不是那种角色。门垫只知道它们该躺在什么地方。"

"现在你听我说，你……你这蠢家伙，"河鼠回答说，他当真生气了，"你得住嘴了。别再说一个字，就是刮——刮啊刮啊，挖啊找啊，特别是在墩墩的四周，如果你想今天晚上睡在干地方，睡得暖洋洋的话，因为这是我们最后一个机会了！"

河鼠起劲地进攻他们旁边的一个雪墩，用他的木棍到处戳，接着拼命地挖；鼹鼠也扒个不停，他这样干主要是为了满足河鼠的要求，因为他认为他的朋友昏头了。

苦苦干了十分钟左右，河鼠的木棍尖碰到了什么东西，里面听起来是空的。他挖了又挖，直到能把爪子伸进去摸，接着他叫鼹鼠来给他帮忙。他们两个拼命地干，直到最后，那至今还不相信的鼹鼠大吃一惊，完全看到了他们劳动的成果。

在本来以为是一个雪墩的一边出现了一扇看来很结实的小门，漆成深绿色。旁边有一根门铃铁拉索，门铃下面有一块小铜牌，上面端正地镌刻着方形的大写字母，就着月光，他们可以读出来这几个字是：

> **· 獾先生 ·**

鼹鼠又惊又喜,仰面跌倒在雪地上。"河鼠！"他大叫着认错,"你是一个了不起的人物！没说的，你就是一个了不起的人物,现在我

都看到了！我最初跌倒，划破了我的小腿，你看着伤口，你高尚的心灵马上就说：'是放在门口的刮泥器！'从那时刻起，你那个聪明头脑就一步一步证实这一点。接着你转而去找到弄伤我的那一个放在门口的刮泥器！你到此罢休了吗？没有。有人会因此就心满意足了，可是你没有。你继续动脑筋。'只要让我再找到一块门垫，'你对自己说，'我的道理就可以得到证明了！'自然，你找到了你的门垫。你真是太聪明了，我相信你能找到任何你要找的东西。'没错，'你说，'那门存在着，清楚得就像我看到了它一样。现在剩下的惟一事情就是把它找到！'对，这种事我在书本里读到过，可是在现实生活里先前还从来没有碰到过。你应该到一个真正能得到赏识的地方去。你在这儿，在我们这些人当中，简直是浪费。只要我有你那个头脑，河鼠……"

"可你既然没有，"河鼠很不客气地打断了他的话说，"我想你要在雪地上坐一个通宵，净说个没完了？马上给我起来，挂到你看见的那个门铃拉索上去用足力气拉，而我来敲门！"

当河鼠用他的手杖敲门的时候，鼹鼠扑到门铃拉索那儿，抓住它，挂在上面，两只脚都离开了地面。从里面很远的地方，他们隐约听到响起了低沉的铃声。

4 獾先生

　　他们耐心地等了似乎挺长的时间，同时在雪地上跺脚，不让它们冻僵。最后他们听见里面有人慢腾腾地拖着脚向着门走来。正像鼹鼠对河鼠说的，听着像一个人穿着过大的拖鞋走路，拖得鞋后跟都磨破了；鼹鼠真聪明，因为事实正是这样。

　　这时响起拉门闩的声音，接着门开了几英寸，足够露出一个长鼻子和一对瞌睡蒙眬、半开半闭的眼睛。

　　"哼，下一次再这样，"一个粗暴和疑神疑鬼的声音说，"我就要发脾气了。这一回是谁呢，这么深更半夜地把人吵醒？说啊！"

　　"噢，老獾，"河鼠叫道，"请让我们进去吧。是我河鼠，还有我的朋友鼹鼠，我们在雪地上迷路了。"

　　"什么，是河鼠，我亲爱的小家伙！"獾完全换了一种口气说，"你们两位马上请进来吧。哎呀，你们一定累坏了。我真没想到！在雪地上迷了路！而且是在原始森林里，又是这么深更半夜的！不过你们进来吧。"

他们两个争先恐后地进去，一个跌在另一个身上，听到身后门关上了，又高兴又放了心。

獾穿着长睡袍，拖鞋确实拖破了后跟，手里拿着一个扁蜡烛台，听到他们叫门后大概刚刚下了床。他和气地低头看他们，拍拍他们两个的头。"在这种夜里小动物不该出来，"他像父亲一样地说，"我怕你又在胡闹了，河鼠。不过，来吧，到厨房里来。那里生着第一流的炉火，晚饭什么的应有尽有。"

他拿着蜡烛，拖着鞋走在前面，他们跟在他后头，用胳臂肘互相顶着抢先走，通过一条很长、很阴暗，说老实话，十分破旧的过道，走进一个类似中央大厅的地方，他们可以隐约看到它还有一些支道通出去，它们很长，像隧道，十分神秘，看不到尽头。大厅里还有一些门——是些看着很舒服的结实橡木门。獾打开其中一扇门，他们马上就来到一个生着火的厨房里，又亮又温暖。

　　地上铺着磨平了的红砖，宽大的壁炉里烧着木柴，吸引人的壁

炉嵌在墙里，一点不怕风吹。炉火两边有两把高背扶手椅，互相对

着，这种摆法便于坐着交谈。在房间当中有一张长桌，就是支架上

搁着木板，桌子每一边有长板凳。桌子一头有一把扶手椅，拉开了。

桌子另一头摆着獾吃剩的简单而丰富的晚饭。房间尽头有一个柜子，

一层层架子上摆着一排排洁白无瑕的盘子。头顶的横椽上吊下来火

腿、一束束干的什么草、一网袋一网袋洋葱和一篮篮鸡蛋。这地方看着适合英雄们凯旋时大摆酒宴，能让许多收获累了的人们排排坐在桌旁欢笑唱歌庆祝丰收，两三个不讲究吃的朋友也可以随意坐下，舒舒服服地和心满意足地吃点东西，抽抽烟和聊聊天。红砖地对着熏黑的天花板微笑；用久了坐得发亮的橡木高背椅彼此快活地对望；柜子上的盘子对架子上的锅子咧开嘴笑；快活的火光闪烁，毫无区别地照耀所有的东西。

好心的獾把他们各自按在一把高背椅子上烤火，吩咐他们脱下湿衣服、湿靴子。接着他给他们拿来睡袍和拖鞋，亲自用热水给鼹鼠洗小腿，用橡皮膏贴好伤口，直到把一切事情尽可能地安排妥帖。两只饱经风雪的动物在这种亮光和热气里，身体终于暖和了，干了，向前伸出疲倦的腿，背后听到摆桌子的逗人的乒乒乓乓声，这两只被风暴驱赶的动物如今觉得像是进了安全港，刚离开不久的外面那个寒冷和渺无人迹的原始森林相距已经不知有多少英里远，他们遭到的苦难已经成为快要忘掉的噩梦。

等到他们最后完全烤暖，獾请他们坐到桌边来，他已经忙了一通，把晚饭摆好了。他们原先饿得慌，可等到他们最后当真看到面前摆着的晚饭时，倒实在成了问题：他们该先进攻哪一样呢? 因为所有的食物都那么诱人，先吃这一样，另一样是不是乐意等着，直到他们加以青睐呢？有好大一会儿没有办法谈话，等到慢慢地恢复谈话时，这种谈话也很叫人遗憾，是嘴里塞满了食物说的。獾对这个却根本不在乎，也不管他们是把胳臂肘撑在桌上，或者两个人同时说话。他不参加社交活动，也就认为这种事情根本不值得注意（我们当然知道他是不对的，他眼光太狭窄了，因为大家都很注意这些规矩，虽然要花很多功夫才能说出个所以然来）。他坐在桌子头上他那把扶手椅上，听他们两个讲他们的故事，不时庄重地点点头，什么事情他似乎都不觉得奇怪或者吃惊，也从不插口说一句："我跟你说过了！"或者："正是我一直说的！"也不说他们该这样做该那样做，或者不该这样做不该那样做。鼹鼠开始觉得对他很有好感。

等到晚饭最后真正吃完，每一只动物都觉得自己的肚皮如今胀鼓鼓的，这会儿对什么人或者什么东西都一点儿也不在乎了。他们又围坐在火光熊熊的大柴堆周围，觉得这么晚睡，这么自由自在，这么饱饱的是多么快乐啊。他们随便地聊了一通以后，獾衷心地说："好了！给我讲讲你们那边的事情吧。癞蛤蟆老弟如今过得怎么样？"

"噢，越来越糟了。"河鼠严肃地说。这时鼹鼠靠在高背椅子上，在火光中取暖，把脚跷得比头还高，尽力做出真正悲伤的样子。"上星期才又发生了一次撞车事件，撞得可厉害了。你瞧，他硬要自己开汽车，可他根本开不了。如果他雇一个安全稳当、训练有素的好

司机，给他好工钱，样样都交付给他，他会开得好好的。可是他不，他自信是个天生的司机，不用学，谁也不能教他什么东西，后果就不堪设想了。"河鼠说。

"那他有过多少呢？"獾阴着脸问道。

"你是说撞车事件还是车？"河鼠问道，"噢，对癞蛤蟆来说反正一样，有一辆车就有一次撞车事件。这是第七辆了。至于其他几辆……你知道他的车库吧？唉，它已经堆满了—— 一点不假，堆到了屋顶——全是汽车的破烂，没有一样破烂有你的帽子大！这就是前六辆汽车的归宿。"

"他已经进过三次医院，"鼹鼠插进来说，"至于他得付的罚款，想想都可怕。"

"对，这还只是麻烦的一部分，"河鼠接下去说，"癞蛤蟆有钱，这我们都知道，可他也不是一个百万富翁。他是一个毫无希望的糟糕司机，完全无视法律和交通规则。送命或者破产——两者必居其一，只是迟早问题。獾啊！我们都是他的朋友——我们不该想点什么办法吗？"

獾苦苦地思索了一阵。"瞧，"他最后狠狠地说，"你们当然知道我这会儿一点办法也没有。"

他的两个朋友十分了解他的想法，完全同意他的话。根据动物的规矩，在这种不合时宜的寒冬季节，不要指望一只动物会去做什么紧张的，或者冒险的，或者哪怕是温和的事情。他们全都瞌睡蒙眬——有一些还真睡了。他们全都多少受天气影响，他们在艰难的日日夜夜里全都在休息，在这些日子里他们的每块肌肉都要经受严峻考验，每点精力都极度紧张。

"那好吧！"獾接下去说，"但等年头真的转变，夜又短了，日又长了，睡到半夜就醒来，觉得心神不定，想天一亮——实在巴不得天没亮——就起来干点什么……你们知道……"

两只动物都庄重地点点头。他们知道！

"那好，到了那时候，"獾说下去，"我们——那就是你和我，还有我们的朋友这位鼹鼠——我们要狠狠地管住癫蛤蟆，我们不能容忍他胡作非为。我们要使他恢复理智，必要时就使用武力。我们要使他成为一只有头脑的癫蛤蟆。我们要……你睡着了，河鼠！"

"我没有！"河鼠猛醒过来回答说。

"吃完晚饭以后，他已经睡着两三次了。"鼹鼠哈哈笑着说。他自己觉得很清醒，甚至很生猛，虽然他自己也不知道为什么。这自然是因为他生下来就是在地下生活的动物，獾这个家的环境完全适合它，使他觉得像在家里一样；而河鼠每天晚上睡在卧室里，窗子开向一条微风习习的河，自然觉得这里空气凝滞和压抑了。

"好，我们全都该上床睡觉了。"獾说着站起身子，拿起扁平的蜡烛台，"你们两个来吧，我领你们到你们的房间去。明天早晨随你们便——早饭高兴什么时候吃就什么时候吃！"

他把他们两个带到一个长房间，看上去半是卧室，半是贮藏室。獾过冬的贮藏品随处可见，占了半个房间——一堆堆的苹果、萝卜、土豆，满满的一篮篮坚果，一瓶瓶蜜糖。空出来的地板上放着两张白色小床，看上去又软又诱人，床上铺的床单虽然粗糙，可是很干净，透着一股很好闻的薰衣草香味。鼹鼠和河鼠不到三十秒钟已经甩掉他们的衣服，兴高采烈、心满意足地匆匆钻到床单和被单中间去了。

按照好心的獾的吩咐，两只疲倦的动物第二天早晨很迟才下来吃早饭，看到厨房里已经生好了熊熊炉火，两只小刺猬并排坐在桌旁的一张板凳上，用木碗吃着燕麦粥。两只小刺猬一看见他们两个进来，马上放下勺子，彬彬有礼地低下他们的头行礼。

"好了，坐下，坐下，"河鼠高兴地说，"继续吃你们的粥吧。你们这两个小家伙是打哪儿来的？我想是在雪地里迷了路吧？"

"是的，先生，"两只小刺猬中大的一只很有礼貌地说，"我和小比利想找到路上学去……天气这么坏，妈妈还是要我们去上学……我们自然就迷路了，先生，比利可吓坏了，哭了起来，他人小胆子也小。最后我们正好到了獾先生家的后门，大着胆子敲起门来，先生，

因为獾先生心地非常好，这是大家都知道的……"

"我明白。"河鼠说着，从一块熏肉的边上切下薄薄的几片，而鼹鼠把几个蛋打在煎锅里。"外面的天气怎么样？你用不着对我说那么多'先生'。"河鼠加上一句。

"噢，坏透了，先生，雪深得可怕，"那小刺猬说，"像你们这样的先生，今天可千万别出去。"

"獾先生呢？"鼹鼠一面在火前面热咖啡壶一面问道。

"主人到他的书房去了，先生，"那小刺猬回答说，"他说他今天早晨特别忙，千万别去打搅他。"

对于这个说明,在场的人自然都完全理解。事实上正如上面所说，一年中有六个月紧张活动，有六个月瞌睡或者实际睡了，在这后六个月，有人来或者有事情就不能老是推托说要睡觉。这个借口太老一套了。动物们很清楚，獾痛快地吃了一顿早饭，退到他的书房去，安坐在一把扶手椅上，架着二郎腿，用一块红的布手帕遮着脸，在一年中的这个时间，用他通常的方式在"忙着"。

前门门铃丁零零大声响起来，吃牛油吐司正弄得很油腻的河鼠就叫小的那只刺猬比利去看看是谁叫门。门厅里传来很响的脚步声，比利马上就回来，后面跟着水獭。水獭扑过来拥抱河鼠，亲热地大声问好。

"放开！"河鼠满嘴食物，喷溅着说。

"我想我在这里准能找到你，"水獭快活地说，"今天早晨我到河岸的时候，那里一片惊慌。他们说河鼠一夜没有回家——鼹鼠也一样——准发生可怕的事情了；雪自然盖没了你们所有的足迹。可是我知道，当人们遇到麻烦的时候，他们多半是上獾这儿来，要不然就是獾都知道，因此我穿过原始森林和雪，直奔这儿来了！嗨，真好看啊，穿过雪地的时候太阳升起了，照亮了黑色的树干！在寂静中一路走的时候，一堆堆雪不时会忽然从树枝上啪哒落下来，叫人跳起来跑去找地方躲。夜里冒出了雪堡和雪洞……还有雪桥、雪坪、雪墙……我真想待下来玩个半天。到处有被雪压断的大树枝，知更鸟神气地在它们上面栖息和蹦跳，好像树枝是它们折断的。参差的一行雁在头顶上飞过，飞在高高的灰色天空上，几只白嘴鸦在树梢上回旋，察看一通，用一种讨厌的表情拍着翅膀飞回家，可是我碰不到一个有理智的生物可以打听到一点消息。差不多走了一半路，我才遇到一只兔子蹲在一个树墩上，用爪子擦着他那张傻脸。当我从他后面悄悄爬过去，把一只前爪很重地搭在他的肩上那会儿，他这胆小鬼吓昏了。我在他头上打了一两个巴掌才让他恢复点理智。最后我总算从他那里打听到，他们当中有只兔子昨天夜里曾看见鼹鼠在原始森林里。他说是在洞里聊天的时候听到的，河鼠这位特别好的朋友鼹鼠当时处境很糟糕，迷了路。'他们'出来追赶，把他追得团团转。'那你们为什么不想点办法？'我问道，'你们不会都傻了头，你们有成百成千，都是些又大又棒的家伙，肥得像牛油，你们的洞四通八达，你本可以把他带到洞里，让他安全、舒服，至少可以试一试。''什么，我们？'他只是说，'想点办法？叫我们兔子？'于是我又打他一巴掌，离开他走了。拿他没有办法。不过我总算知道了点什么，要是我有幸再碰到'他们'中的一个，我就会知道更多的东西……或者他们会知道更多的东西。"

"你一点都不……这个……紧张吗？"鼹鼠问道，想到原始森林，昨天的恐怖又回到他的心中。

"紧张？"水獭笑起来，露出闪亮的结实白牙齿，"要是他们哪一个想把我怎么样，我倒会叫他紧张。喂，鼹鼠，给我煎几片火腿吧，你是个好小伙伴。我饿坏了，可我还有很多话要跟河鼠说。我好久没见到他了。"

于是好脾气的鼹鼠切下几片火腿，让两只小刺猬去煎，自己回头去吃他的早饭。这时水獭和河鼠头靠头起劲地在谈他们河边的行话，这些话滔滔不绝，没有个头，倾泻而下，就像那条潺潺的河本身。

一盘煎火腿刚吃完，盘子送回去又要添的时候，獾进来了，打着哈欠，揉着眼睛，用他安静和简单的方式客气地向大家问好。"一定到吃中饭时间了，"他对水獭说，"你还是留下来跟我们一起吃吧。你一定是饿了，今天早晨又这么冷。"

"没说的！"水獭对鼹鼠眨眨眼，回答说，"看见这两只馋嘴小刺猬大吃煎火腿，我也觉得饿坏了。"

两只小刺猬其实只吃了粥，煎火腿又花了那么多力气，正好开始觉得饿，于是胆怯地抬头看着獾先生，可又怕难为情，不敢说一句话。

"好，你们两个孩子该回家上你们母亲那儿去了，"獾和气地说，"我叫个人给你们带路。我断定你们今天晚饭也不用吃了。"

他给他们每人六个便士，拍拍他们的头，他们恭恭敬敬地挥着帽子，举手碰碰额发，走了。

大家很快都坐下来一起吃午饭。鼹鼠正好安排坐在獾先生身边，其他两个还在沉醉于关于河的谈话，什么也不能分开他们，于是鼹鼠趁这个机会告诉獾说，他觉得太舒服了，就跟在自己家一样。"只要一到地底下，"他说，"就清楚自己是在什么地方了。不会出任何事情，不会遇到任何事情。自己完全做主，不用听别人的意见或者考虑人家说什么。头顶上的事情老一个样子，就让它们去吧，别管它们。假使想管就上去，上面事情有的是，等着你。"

獾只是对他微笑。"你说的正是我要说的，"他回答道，"除了在地底下，哪儿都没有安全，或者和平和宁静。再说如果你有大的打算，想扩充了——好，你就挖吧掘吧，那就得了！如果你觉得房子太大，你就堵起一两个洞，那又得了！没有建筑师，没有工匠，没有爬墙头看的人说你什么，而且不用管天气。现在瞧河鼠吧。洪水涨上两英尺，他就得搬到租来的房子里去住；不舒服，不方便，房租又贵得惊人。再拿癞蛤蟆说吧。我对癞蛤蟆庄园没有什么意见，这房子在这一带是最好的，是座好房子。可是万一发生火灾——癞蛤蟆可怎么办？就说瓦盖给吹掉了，或者墙壁倒塌或者裂开，或者窗子打破了——癞蛤蟆可怎么办？万一房间都不通风——我本人最恨不通风——癞蛤蟆又怎么办？不行，到上面去，到户外去漫游和住一阵是不错的，可是最后要回到地底下来——那才是我的关于家的观念！"

獾鼠衷心赞成，最后獾跟他好得不得了。"等吃完中饭，"他说，"我带你去把我这块小地方全转一转。我看得出来你会喜欢它的。你明白住宅建筑该是个什么样子，没错儿。"

吃过中饭，当另外两个待在壁炉边又开始就鳗鱼这个题目开始一场热烈争论时，獾点起手提灯，叫鼹鼠跟着他走。他们穿过门厅，

顺着一条中心地道走，手提灯摇曳的灯光照亮了两边的大小房间，有些小得像柜子，有些又宽大又宏伟，像癞蛤蟆的饭厅。一条窄通道拐了个 180 度的弯，把他们带到另一条通道，于是同样的东西又从头开始。鼹鼠不由得震惊于所有这一切的规模宏大和四通八达，阴暗通道之长，塞满东西的贮藏室的拱顶之结实，到处的石头建筑：石柱、石拱、石路，等等。"我的天啊，老獾，"他最后说，"你竟有这么多时间和精力干所有这些工作？简直是惊人！"

"如果都是我干的话，"獾简单地说，"那的确是惊人的。不过说老实话，我什么也没干——只是在用得着这些通道和房间时把它们清理出来罢了。这里周围还多的是。我看出来你不明白，我必须向你解释一下。很久以前，在如今原始森林抖动的地方，那时树木还没种下和长成现在这个样子，这里本来是一个城市——一个人类的城市，明白吗？在我们站着的这个地方，他们生活着，走来走去，谈这谈那，睡觉，做他们的工作。他们在这里关他们的马和摆酒宴，从这里骑马出发去打仗，去做买卖。他们有力量，有钱，是些伟大的建筑家。他们把城市建造起来要传之久远，因为他们以为他们的城市会永远传下去。"

"可后来他们都怎么样了？"鼹鼠问道。

"谁说得出来呢？"獾说，"人类来了……他们待上一阵，他们兴旺起来，他们建造城市……他们又走了。他们就是这样的。可是我们留了下来。我听说在那城市建成之前很久，这里就有獾。如今这里又有獾了。我们是一种有耐心的动物，我们可以搬出去一个时候，可是我们等着，很有耐心，我们又回来了。以后也将是这样。"

"那么，他们走了以后又怎么样呢，我说那些人走了以后？"鼹鼠说。

"等到他们走了，"獾说下去，"狂风和不停的雨耐心地、没完没了地、年复一年地统治一切。也许我们獾也尽了自己的一点微薄的力量帮了点小忙——谁知道呢？一切都倒下，倒下，倒下，渐渐地——变成废墟、平地，一切消失得无影无踪。接着一切又生长，生长，生长，渐渐地，种子长成树苗，树苗长成大树，荆棘和蕨类植物也爬着来帮忙。树叶高高地堆起来湮没一切，冬天冰雪消融时泛滥的流水带来淤积的沙泥，随着时间推移，我们的家又给我们准备好了，我们就搬进来。在我们头顶上，在地面上，同样的事情发生了。动物到这儿来，喜欢这地方的样子，在这里定居下来，不断扩展，日益兴旺。他们不管过去——他们从来不管，他们太忙了。这地方自然有点高低不平，到处是洞，不过这倒大有好处。他们也不管未来——未来人类也许又会搬回来——待上一阵——照老样子。原始森林如今住满了；照常是些好的、坏的、不好不坏的动物——我不说出他们的名字来了。

世界本由各种各样的东西构成。不过关于他们，我想这一回你自己
也懂得一些了。"

"我的确懂得一些了。"鼹鼠微微哆嗦了一下说。

"那好，那好，"獾拍拍他的肩头说，"你知道，这是你第一次和
他们打交道。他们其实并不那么坏；我们全都必须生活，也让别人
生活。不过我明天要传话开去，我想你不会再有麻烦了。在这个地方，
我的任何一个朋友可以随意走来走去，如若不然，我倒要知道是怎
么一回事了。"

等到他们重新回到厨房，他们发现河鼠坐立不安地走来走去。
地底下的气氛使他感到压抑，刺激他的神经，好像真怕他不在河边
看管，河会流走似的。因此他已经穿上大衣，把他的手枪重新塞在

他的皮带里。"来吧，鼹鼠，"他一看见他们就着急地说，"趁着白天，我们必须走了。别在这原始森林里又要过一夜。"

"没事，我的好朋友，"水獭说，"我跟你们一起走，每条小路我闭了眼睛都认识。如果有一个脑袋需要揍一拳，你可以完全交给我，我会揍它。"

"你实在不用烦心，河鼠，"獾平静地补上一句，"我的那些通道比你想的要通得远，我有一些安全洞从好几个方向通到林子边，不过我也不怕别人知道它们。你一定要走，你可以从我的捷径中的一条走。现在你安下心再坐下来。"

可河鼠还是急着要走，上他的河边去，于是獾重新拿起手提灯，带路顺着一条潮湿和不透气的通道走，它弯来弯去，高高低低，一部分是穹形，一部分穿过坚实的岩石，路叫人走得很累，好像有几英里远。最后阳光开始透过通道口枝藤交错的矮树露出来。獾匆匆忙忙跟他们道别，赶紧把他们推出通道口，用爬山虎、灌木丛、枯树叶等重新使洞口看上去尽可能不露形迹，然后退了回去。

他们发现他们自己正站在原始森林的边上。他们后面，是乱糟糟的一堆堆岩石、荆棘和树根；他们前面是一大片一大片的平静田野，边上镶着在雪地上显得黑黑的树篱；前面远方是那条闪闪发光的熟悉的古老大河，而地平线上低低地悬着红色的冬天太阳。认识所有路径的水獭在前面领路，他们直线向着远处栅栏走。到了那里，他们停下来回头看，看到整个原始森林在广阔的雪白背景中显得浓密森严。他们接着同时转过身来快步回家，回炉火和它照耀着的熟悉东西那儿去，去听在他们窗外快活地响着的河水声，这河不管是什么样子他们都熟悉和信任，它从来不会使他们感到惊奇害怕。

当鼹鼠匆匆忙忙地走着，渴望又回到家，置身于他熟悉和喜欢的东西中时，他清楚地看到，他是一只属于耕地和树篱的动物，跟

犁沟、常到的牧场、晚上闲荡的小路、经过栽培的园地不可分离地联系在一起。大自然的严酷条件，坚忍或者现实矛盾冲突，全都让别人去承受吧；他必须聪明点，必须守在他自己快活的圈子里，那里的有趣事情够他受用一辈子的。

5 温暖的家

当两只动物有说有笑，兴奋地匆匆走过时，羊群挤作一团地碰撞树篱，小鼻孔喷着气，踏着纤细的前脚，仰起头，一股淡淡的蒸汽从拥挤的羊栏升到严寒的空气中去。这两只动物跟着水獭走了漫长的一天，在广阔的丘陵地带——流进他们那条河的一些小溪流的源头就在这里——又是打猎又是探险，这时正穿过田野回家。冬天日短，天色正在暗下来，可他们还有一段路要走。他们胡乱地迈过耕地，已经听到羊叫声，便向着它们走去。如今他们看见羊圈那里有一条踩出来的路，这样就好走多了，而且它回答了所有动物都有的爱询问的小心眼儿，斩钉截铁地说："对，一点不错，这条路是通到家里去的！"

　　"看上去我们要来到一个村庄了。"鼹鼠有点怀疑地说，放慢他的步子。踩出来的小路先是变成一条小道，接着变成一条大点的路，而现在这条路把他们带到了一条很好的碎石大道。动物不喜欢村庄和它们那些经常出现的公路，只管自己走自己的路，不理会那些礼拜堂、邮局或者酒馆。

"噢，不要紧！"河鼠说，"在一年中的这个季节里，他们这时候全在室内，安安稳稳的，围着火坐着，男人、女人、孩子、狗和猫，等等等等。我们溜过去没问题，不会碰到什么打扰和麻烦的，高兴的话，还可以望进他们的窗子，看看他们都在干些什么。"

当他们轻轻地踏着薄薄的雪粉来到那里时，十二月中旬迅速降临的夜幕已经笼罩着这个小村庄。已经看不出什么，只看到街两旁暗红色的一个个方块，这是每座小农舍的火光和灯光透过窗子溢到外面的黑暗世界里来。大多数低低的格子窗不用窗帘，在外面窥探的动物可以看到，里面居民围在茶桌旁边，或者埋头在做手工，或者嘻嘻哈哈，做着手势在聊天，各有各快乐的优美姿态，连有经验的演员也难以捕捉——自然美总是在无意中观察到的。两个观察者随意地从一个剧场移到另一个剧场，他们离开自己的家那么远，看着一只猫被人抚摸，一个睡意正浓的婴儿被抱起来放到床上，或者一个疲倦的人伸伸懒腰，在一块阴烧的木块上敲烟斗，他们的眼睛里不禁流露出某种渴望的神色。

可是有扇小窗子拉上了它的窗帘，在黑夜中只留下一片透明的空白，正是它使人最思念家，思念四壁之内的那块小小天地——外面大自然的那个紧张的大天地被关在外面，忘记了。紧靠着白窗帘挂着一个鸟笼，轮廓鲜明，每一根铁丝、栖木等，就连昨天咬掉了边的糖块也清晰可辨。在当中那根栖木上，鸟把头塞到羽毛里，好像近得只要他们愿意就能抚摸它似的，甚至它丰满的羽毛尖也清楚地勾画在照亮的窗帘上。当他们这么看着的时候，这睡觉的小鸟不舒服地颤动，醒来，浑身抖抖，抬起了它的头。它难受地打哈欠，他们可以看到它张开小尖嘴厌烦地打哈欠，朝周围看看，重新把它的脑袋塞到它的背后，松开的羽毛又慢慢地平伏下来，一动不动。这时候一阵寒风刮到他们的后脖颈上，皮肤上冷得有点刺痛，使他们像从梦中惊醒一样，他们感觉到了脚趾冷、双腿酸，而他们自己的家还远着，要走好长一阵才到。

一出村庄，村舍一下子没有了，他们在黑暗中又闻到了路两边亲切的田野气味。他们打起精神去走完最后一段长路，这是到家的路，这路总会到头，它的结束将是乓乓的门闩声，忽然亮起来的火光，看到熟悉的东西欢迎他们就像欢迎久违的远航归客。他们不停地、静静地一路沉重地走着，各想各的心事。鼹鼠一个劲儿地在想晚饭，反正天色漆黑，对他来说这是个完全陌生的地方，因此他乖乖地跟着河鼠，完全听他带路。至于河鼠，他走在前面一点，照他的习惯，他的肩头拱起，眼睛盯住前面灰色的笔直的路，也就没去注意可怜的鼹鼠，而忽然之间，鼹鼠感到了一个召唤，浑身一下子好像触电。

我们人类早已失去肉体的微妙感觉，甚至没有一些专门字眼可以用来表达一只动物同他的周围环境和动物的交流,比方说只用"闻"这一个字眼来概括动物日夜在鼻子里呜呜发出的全部微妙的刺激感觉:呼唤、警告、煽动、拒绝。在黑暗中,正是一个这种神秘魔幻的呼喊从空旷里忽然传给鼹鼠,使他为这个十分熟悉的呼唤激动万分,尽管他这时还不能清楚地想起来这是什么。他在路上停下来一动不动,用鼻子东找西找要重新捕捉到那如此强烈地触动他的电流。过了一会儿他又收到了,但这一次回忆全部涌出来了。

家!这就是它们这些酣蜜的呼唤,这些从空中飘来的轻柔抚摩,这些把他全往一个方向拉的看不见的小手所表示的意思!是啊,他的老家这会儿一定离他十分近了,他那天第一次找到了那条河就匆匆把它弃之不顾,再也没去找过它!如今它正派出它的侦察员和报信者来抓住他,把他带回去。自从他在那个晴朗的早晨逃走以后,简直没有想到过它,他是那样地沉迷在他的新生活中,尽情享受新生活的乐趣、奇妙、新鲜和魅力。现在他对过去的回忆有如潮涌,这老家是多么清晰地在黑暗中耸立在他眼前啊!它确实是简陋,而且窄小,陈设可怜,然而这个家到底是他的,是他为自己建造的,做完一天的工作后他曾经是那么高兴地回去。显然,这个家跟他在一起也曾经是那么快活,它正在想念他,要他回去,也通过他的鼻子告诉他这个意思,悲伤地,责怪地,不过不带怨恨或者愤怒;只是提醒他它在那里，要他回去。

这呼唤是清楚的，这召唤是明白的。他必须马上听它的话，回去。"河鼠！"他用充满快乐的激动口气叫道，"停下！回来！我需要你，快点！"

"噢，跟上吧，鼹鼠，快来！"河鼠兴高采烈地回答着，只管向前走。

"请你停下，河鼠！"可怜的鼹鼠心中极其痛苦，央求他说，"你不明白！那是我的家，我的老家！我刚闻到了它的气味，它就在这儿附近，的确很近了。我必须回去，我必须去，我必须去！噢，回来吧，河鼠！我求求你，请你回来吧！"

这时候河鼠已经在前面走得很远，远得听不清楚鼹鼠在叫什么，远得听不见他声音中痛苦呼唤的尖音。他十分关心天气，因为他也闻到了另一样东西——好像要下雪了。

"鼹鼠，这会儿我们实在怎么也不能停下！"他回头叫道，"不管你找到了什么，我们明天再来吧。我现在可不敢停下——太晚了，雪又要下啦，再加上我这条路也说不准！可我需要你的鼻子，鼹鼠，因此你快来，请你行行好！"河鼠也不等回答，只管一直向前走。

可怜的鼹鼠在路上孤零零地站着，他的心碎了。哭泣在他身体里不知什么地方越积越大，越积越大，他知道它马上就要迸发出来了。不过即使在这样的考验下，他对朋友的忠诚还是牢不可破的。他一秒钟也没想到过要丢下朋友。这时候他老家的阵阵召唤在央求他，向他低语，恳求他，最后狠狠地命令起他来。他不敢再在它的魔法圈子里逗留。他猛地扯断他的心弦，低头看着路，顺从地跟着河鼠的脚迹走，而这时稀薄微弱的气味还在追着他逃走的鼻子不放，责备他贪新厌旧。

他拼命追上了什么也不知道的河鼠。河鼠开始高兴地叨唠，说他们回去以后要做一些什么事情，客厅里用木块生起的炉火将是多么愉快，他想要吃顿什么样的晚饭；他一点也没注意到他的伙伴沉默不语，心中痛苦。最后，当他们走了很长一段路，正在经过路边矮树丛旁的一些树墩时，他总算停了下来，温和地说："喂，鼹鼠，老伙计，你好像累坏了。你一声不响，腿像铅似的拖不动。我们在这儿坐下来歇一会儿吧。雪一直拖到现在没下，接下来要不好走了。"

鼹鼠凄凉地在一个树墩上坐下来，想要控制住自己，因为他觉得实在忍不住了。他克制了这么久的泪一直不肯屈服。它不断地硬是要涌上来，一次压下去又一次要涌上来，接着又一次要涌上来，越来越厉害，越来越快，直到可怜的鼹鼠最后放弃斗争，尽情地、毫无办法地、公然地哭起来，现在他知道一切都完了，他已经失去了他已经找到了的东西。

河鼠看见鼹鼠一下子悲伤得这样厉害，大为吃惊，十分愕然，起初还半天不敢开口说话，最后很轻地、充满同情心地说："怎么啦，老伙计？到底是什么事啊？把你的苦恼告诉我吧，让我来想想办法。"

可怜的鼹鼠的胸口一下一下起伏得太快了，话刚要出口就被呛下去，觉得很难说出话来。"我知道它是一个……简陋肮脏的小地方，"他最后一面哭着一面断断续续地说，"不像……你那个舒服的住宅……或者癞蛤蟆的漂亮庄园……或者獾的大房子……不过它是我自己的小小的家……我喜欢它……我离开它，竟把它全给忘了……后来我忽然闻到了它……在路上，在我叫你你不肯听的时候，河鼠……所有的事情一下子回到了我的心中……我要它！噢，天啊，天啊……可是你不肯回来，河鼠……于是我只好离开它，虽然我一直闻到它的气味……我想我的心会碎的……我们本可以只去看它一眼，河鼠……只看一眼……它就在附近……可是你不肯回来，河鼠，你不肯回来！噢，天啊，噢，天啊！"

回忆带来新的阵阵悲哀，他又哭得说不下去了。

河鼠直瞪瞪地看着前面，没有说话，只是轻轻地拍着鼹鼠的肩头。过了一会儿他阴着脸咕哝说："现在我明白了！我刚才真是一只蠢猪！一只蠢猪——这就是我！就是一只蠢猪—— 一只不折不扣的蠢猪！"

他一直等到鼹鼠的哭声渐渐不那么厉害，变得更有节奏起来；他一直等到最后哼哼声更多而哭声只是断续可闻。于是，他站起来，脱口说了一声："好，如今我们确实还是走的好，老伙计！"他重新动身上路，然而却是朝他们辛辛苦苦走过来的原路走回去。

"你（呃）上哪儿去（呃），河鼠？"泪流满面的鼹鼠大叫，担惊受怕地抬起头来。

"我们去找你的家，老伙计，"河鼠快活地回答说，"因此你最好快点来，因为还要找一下，我们需要你的鼻子。"

"噢，回来，河鼠，你回来！"鼹鼠叫道，他站起来赶紧去追他，"我告诉你这样没好处！太晚了，太黑了，那地方又远，要下雪了！

而且……而且我根本不想要你知道我是那么想它……全是意外和错误！还是想想河岸吧，想想你的晚饭吧！"

"让河岸去它的吧！还有那顿晚饭也去它的吧，"河鼠真心实意地说，"我告诉你，我这就要去找这个地方，哪怕在外面待一个通宵。快活起来吧，老伙计，挽着我的胳臂，我们很快又会回来的。"

鼹鼠还在抽着鼻子，央求着，十分勉强，给他那位说一不二的伙伴一路拉得够呛。河鼠用一连串的快活谈话和故事努力使他重新振作起精神来，费劲的路好像缩短了。等到河鼠觉得鼹鼠曾经被"留住"的地方差不多快到时，他说："好，现在别再说话了。得办正事！拿你的鼻子派用处吧，多用点心。"

他们寂然无声地走了不远，河鼠忽然通过他挽住鼹鼠的胳臂感觉到一阵轻微的触电传遍了鼹鼠的全身。他立刻松开手，退后一步，全神贯注地等着。

信息传来了。

鼹鼠一动不动地站了一会儿，他抬起来的鼻子轻轻地扇动着嗅闻空气。

接着他很快地向前跑了几步……不对……停下……退了回来，接着又慢慢地、不停步地、有把握地向前走。

河鼠十分激动，紧紧跟着，而鼹鼠有点像梦游者，跨过一条干

壕沟，爬过一个树篱，在朦胧的星光下，一路嗅闻着通过一片没有足迹、光秃秃的空旷田野。

忽然鼹鼠没打一个招呼，猛地钻了下去；可是河鼠警惕着，利落地跟着他钻下了地道，鼹鼠那个万无一失的鼻子忠实地把他们领到了那里。

地道又挤又缺少空气，泥土味浓极了，河鼠只觉得走了好半天通道才到头，他才能把身子站直，舒展四肢和抖动身体。鼹鼠划了一根火柴。就着它的光，河鼠看到他们正站在一块空地上，打扫得很干净，脚下铺着沙，面对他们的是鼹鼠家的小前门，旁边门铃拉索上用正楷体漆着"鼹鼠寓"三个字。

鼹鼠从墙上一枚钉子上拿下一盏手提灯，点亮了。河鼠朝四面看，看到他们是在一个前院似的地方。门的一边是一张花园长椅，门的另一边有一个碾子，因为鼹鼠在家是一只爱整洁的动物，不能容忍别的动物把他的场地踢成一堆一堆的土。墙上挂着一篮篮蕨类植物，墙边有一个个台座，上面放着石膏像——加里波第[1]、童子撒母耳[2]、维多利亚女王和现代意大利的其他英雄。前院的一边有一个九柱戏场，沿着它是一排长凳和小木桌，桌上有些圈圈，看来是啤酒杯的痕迹。当中是一个圆形小池，里面养着金鱼，池边镶着鸟蛤壳。从池中央露出一个奇怪的东西，镶满了更多的鸟蛤壳，顶上是一个银色的大玻璃球，它把所有的东西用歪曲的形状反映出来，看了叫人觉得十分有趣。

鼹鼠看到所有这些对他来说如此亲切的东西，登时满面红光。他催河鼠进门，点亮门厅的一盏灯，把他的老家环顾了一下。他看到所有东西上面蒙着厚厚的一层灰尘，看到这好久没人料理的屋子是那样荒芜衰败，看到它的面积是如此窄小，里面的东西是那么破

1　意大利民族英雄。

2　《圣经》中一位希伯来领袖和先知。

旧——他又瘫坐在门厅里一把椅子上，用两个爪子捂着他的鼻子。"噢，河鼠！"他伤心地叫道，"我为什么要那样做呢？我为什么要把你带到这冷冰冰的可怜小地方来呢？天这么晚了，这时候你本该到了河岸，在熊熊的炉火前面烤你的脚趾，享用着你所有那些好东西！"

河鼠不理他这些自我责备的伤心话。他跑来跑去，打开一扇扇门，察看那些房间和柜子，点亮灯和蜡烛，把它们在各处挂起来。"这是一个多么了不起的小房子啊！"他兴高采烈地叫起来，"这么紧凑！安排得这么好！这里样样都有，样样摆得妥妥帖帖！我们可以在这里快快活活地过一夜了。我们要做的第一件事是好好生个火，这件事让我来办——我总能知道什么东西上哪儿去找。哦，这是客厅？漂亮极了！墙边那些小睡铺是你自己出的主意？好极了！好，我去把木块和煤拿来，你去拿个鸡毛掸子，鼹鼠……在厨房桌子的抽屉里可以找到一个……想办法把东西都弄得整洁一点。动起手来吧，老伙计！"

鼹鼠给这位鼓舞人的伙伴一打气，站起身来就去起劲地掸灰尘和擦东西，而河鼠捧着一抱抱木柴煤块跑来跑去，不久快活的火焰就轰轰响着升上烟囱。他叫鼹鼠过来取暖，可是鼹鼠马上又闷闷不乐了，他心灰意懒地跌坐在一张长沙发上，把脸埋在他的鸡毛掸子里。

　　"河鼠，"他悲叹说，"你的晚饭怎么办呢，你这位饥寒交迫、又可怜又劳累的河鼠？我没东西给你吃……什么也没有……哪怕一个面包头！"

　　"你真是个多么容易泄气的家伙！"河鼠责备他说，"嗨，我这才在厨房食品柜上看见一把开沙丁鱼罐头的刀，清清楚楚的；谁都知道，这就是说在这附近有沙丁鱼。振作起来吧！打起精神跟我一起去找吃的。"

　　他们同时去找吃的东西，在每一个柜子里找，打开所有的抽屉。结果到底不太叫人失望，自然希望能更好一些：他们找到一罐沙丁鱼……一盒饼干，差不多是满的……用银纸包着的一根德国式香肠。

"可以给你开一个宴会了！"河鼠一面摆桌子一面说，"我知道，会有些动物不惜任何代价要跟我们坐下来共进今天这顿晚餐的！"

"没有面包！"鼹鼠难过地呻吟说，"没有牛油，没有……"

"没有肥鹅肝酱[1]，没有香槟酒！"河鼠笑嘻嘻地接下去说，"这倒提醒了我——过道尽头那扇小门是通到哪儿的？自然是通到你的地下室！这一家所有的好东西都在那里！你等一等。"

他钻进地下室，马上又回来，身上有点灰，每个爪子拿着一瓶啤酒，还有两瓶夹在两个胳肢窝里。"你像是一个端着金碗讨饭的叫花子，鼹鼠，"他说，"你一点不用再客气了。这真是我到过的最愉快的小屋子。喂，你是在哪儿弄到你那些画片的？它们使这地方看着就像个家。怪不得你那么喜欢这个家了，鼹鼠。把它的事全都告诉我吧，你是怎么布置成现在这个样子的？"

接着，趁河鼠一个劲儿地忙着拿盘子、刀叉，在鸡蛋杯里调芥末，鼹鼠——他的胸口还在为刚才的紧张情绪而一起一伏——开始叙述——先还有点不好意思，不过这个题目使他来了劲，越说越舒畅——这个是怎么计划的，那个是怎么想出来的，这个是怎么偶然从一位姑妈那里得到的，那个又是大发现、便宜货，而其他的则是辛辛苦苦积钱买的，尽量"可省则省"。他的精神最后完全复原，他必须去抚摩他的东西，提着一盏灯，向他的参观者夸耀它们的优点，一样一样讲个没完，连他们两个都十分需要的那顿晚饭也给忘了。河鼠饿得要命，可他拼命忍住，不露声色、一本正经地点着头，皱起眉头仔细看，碰到要他发表观感时，嘴里偶尔说声"好极了"和"了不起"。

最后河鼠总算把鼹鼠引回桌旁。正当他埋头开沙丁鱼罐头的时候，只听到外面前院传来了声音——这声音听着是小脚在小石子上拖着走，还有慌张地嘟囔的轻微声音，一些断断续续的句子传到他们的耳朵里来："好，全都站成一排……把手提灯举高一点，汤米……先清清你的嗓子……我说一二三以后不要再咳嗽……小比尔在哪里……上这儿来，快，我们都在等着哪……"

"怎么回事？"河鼠停下手来问道。

"我想这一定是田鼠，"鼹鼠有点得意地回答说，"在一年当中的这个时候，他们总是到处去唱颂歌。在这一带他们是很有名的。他们从来不会漏掉我……到最后就上我这鼹鼠寓来；我总是给他们喝热东西，有时候请得起，还招待他们吃顿晚饭。听着他们唱歌，就像是在老时光。"

1　原文为法语，pâté de foie gras。

"让我们来看看他们！"河鼠大叫着，跳起来向门口跑去。

他们把门一打开，看到的是一个美丽的场面，节日的场面。在前院里，由一盏角灯的微光照亮着，八只或者十只小田鼠站成一个半圆圈，他们的脖子上围着红色的羊毛围巾，前爪深深地插在他们的口袋里，脚蹦着跳着取暖。他们用珠子似的发亮眼睛腼腆地你看看我，我看看你，偷偷地笑，吸着鼻子，用袖子去擦。门一打开，拿着手提灯的一只大田鼠说了一声："好，一、二、三！"他们那些尖细的声音就在空气中响起来，唱起了一首旧日的颂歌，那是他们的祖先在冰冻的休耕地，或者被雪困在壁炉边时写的，一直传下来，在圣诞节站在泥泞的街上对着亮着灯的窗子唱。

圣诞颂歌

诸位乡亲，节日冷得厉害，

请把你们的门敞开，

虽然风雪会跟着进屋，

还是让我们靠近壁炉。

你们早晨将快快乐乐！

我们站在雨雪当中，寒冷难熬，

呵着手指，尽蹬着脚，

我们向诸位问好，来自远方，

而你们在炉边，我们在街上。

　祝你们早晨快快乐乐！

夜已经过去一半的时候，

忽然一颗星星带领我们走，

天上洒下来神恩和幸福，

幸福的明天、后天……日子无数。

每个早晨都将快快乐乐！

义人约瑟在雪地上跋涉前进，

看见马房上低垂着那颗星星；

马利亚可以不用继续向前跑，

多好啊，茅草顶，下面有干草！

她早晨将快快乐乐！ [1]

于是他们听见天使们说道：

是谁先叫出圣诞好？

正是马房里的那些动物，

他们本来就在里面居住！

他们早晨将快快乐乐！

歌声停下了，歌手们害羞然而微笑着，互相转脸看看，一片寂静——不过这只有一眨眼的工夫。接着从上面和远处，从他们刚刚走过的地道，传来了隐约的嗡嗡乐声——远处叮叮当当的快活钟声。

"唱得好极了，孩子们！"河鼠热诚地叫起来，"现在你们大家进来吧，在火旁边取取暖，喝点热东西！"

　　"对，你们进来吧，田鼠，"鼹鼠亲切地叫道，"这真像过去的时光！进来把门关上。把那高背椅子拉到火旁边来。好，你们等一等，让我们……噢，河鼠！"他失望地叫了一声，一屁股坐在一张椅子上，眼泪眼看要掉下来了，"我们怎么办呢？我们没东西招待他们！"

　　"这些事你就交给我吧，"正在当家做主的河鼠说，"来，你这个带着手提灯的！上这边来。我要跟你说句话。好，你告诉我，在夜里这个时候，还有什么店铺开着门吗？"

　　"嗯，当然有，先生，"那只田鼠恭恭敬敬地回答说，"一年中的这个时候，我们那些店铺一天二十四小时开着门。"

　　"那么你听我说！"河鼠说道，"你马上带着你的手提灯去给我弄来……"

　　他们喊喊喳喳说了一阵，鼹鼠只断断续续听见几句："记住，要新鲜的……不，一磅就够了……你一定要买巴京斯那家的，别的我不要……不，只要最好的……你要是在那里买不到，就到别的地方

　1　这里讲的是《圣经》故事中耶稣诞生的事。马利亚是耶稣的母亲。
　　约瑟是马利亚的净配。

问问看……对，当然是要新鲜做的，不要罐头……那好，尽你的力办吧！"最后一个硬币噔一声从一个爪子落到另一个爪子里，那田鼠带了一个大篮子和他那盏手提灯去买东西，匆匆忙忙走了。

其他田鼠在那把高背椅子上坐成一排，晃着他们那些细腿，充分享受炉火的乐趣，烤着他们的冻疮，直到觉得它们有点麻辣辣为止。鼹鼠想引他们随便聊天，没有成功，就大问其家史，让他们逐个背他们众多的弟弟的名字，这些弟弟看来都太小，今年还不能让他们出来唱颂歌，不过他们希望很快就能得到父母的同意出来。

这时候河鼠正忙着在查看一瓶啤酒的牌子。"我发现这是老伯顿牌，"他称赞说，"聪明的鼹鼠！这是真正的好酒！现在我们可以加点糖和香料，烫烫热做酣酒！把东西准备好吧，鼹鼠，我来开瓶塞。"

没花多少工夫就把酒调好，然后把锡壶放到炉火的红心里。很快每一只田鼠都已经在呷酒，咳嗽和打噎（因为只要喝一点点热甜酒，后劲就很大），擦眼睛，哈哈大笑，忘记自己一生当中曾经挨过冻。

"这些小家伙还会演戏，"鼹鼠对河鼠解释说，"他们全都自编自演。演得还挺不坏呢！去年他们给我们演了个呱呱叫的戏，讲一只田鼠在海上被海盗捉住，

逼着他划船，等到他逃出来回到家，他的心上人已经当了修女。对，是你！我记得你也参加演出了。站起来背两段。"

被他叫到的田鼠站起来，不好意思地咯咯笑着，把房子环视了一圈，却还是把嘴闭得紧紧的。他的伙伴叫他背，鼹鼠哄他和鼓励他，河鼠甚至抓住他的肩膀摇晃他，可是一点也不能使他不怯场。他们全都忙着埋头对付他，就像船夫抢救一个早已溺水的人，这时候门闩咔嗒一声，门打开了，提着手提灯的田鼠重新出现，篮子重得他走起路来一摇一摆。

篮子里那些实实在在的东西一倒在桌子上，大家再也顾不上谈演戏的事了。在河鼠的指挥下，大家都被安排去做什么事，或者搬什么东西。几分钟工夫，晚饭做好了，鼹鼠像做梦似的坐在首席，看见刚才还一无所有的桌面上摆满了美味可口的食物，看见他那些小朋友毫不迟延地大吃起来，满面红光。接着他让自己放开肚子大吃——因为他实在太饿了——那些像变戏法变出来的食物，心想这次回家到底是多么快乐啊。他们一边吃一边谈过去的时光，那些田鼠向他讲当地最新的消息，尽量回答他忍不住提出的成百个问题。河鼠几乎不说话，只是关心让每个客人吃到他想吃的东西，多吃一点，并且细心关照，不让鼹鼠为任何事情操心烦恼。

客人们最后千谢万谢，说出一连串的节日祝贺，上衣口袋里塞满了给家里小弟弟小妹妹的东西，叽叽呱呱地走了。等到最后一个出去以后把门关上，手提灯的丁丁声消失，鼹鼠和河鼠把火拨旺，把他们的椅子拉近，烫热醅酒，临睡前再喝一杯，开始谈这漫长一天的种种事情。最后河鼠打了个特大哈欠，说："鼹鼠，老伙计，我准备倒下了。说瞌睡还不够。那边一张床是你的吗？那好，我睡这一张。这是一间多么好的小屋子啊！样样东西都那么方便！"

他爬上他的床，在毯子里蜷成一团，马上就睡着了，就像割下来的一把大麦被收割机的铁臂抱住了似的。

疲倦的鼹鼠也很乐意这就上床睡觉，很快便兴高采烈、心满意足地让他的头枕到他的枕头上。可是在他把眼睛闭上以前，他让它们再环顾一下他的老房间，它在火光中实在丰富多彩。火光照亮了各种熟悉和友好的东西，它们不知不觉地早已成为他的一部分，如今正毫不埋怨地微笑着，迎接他回来。他这时候正处在机智的河鼠悄悄地给他带来的那种心情的框框里。他清楚看到这一切是多么普通和简单——甚至是多么微小；可是他也清楚看到它对他有多大的意义，具有在一个人的存在中类似锚地[1]的特殊价值。他根本不想放弃新的生活和它的光辉前景，抛弃太阳、空气和它们贡献给他的一切而爬回家来老待在这里；上面的世界太有力量了，即使在下面这里，它还是在呼唤着他，他知道他必须回到那更大的活动舞台去。不过想到有这个地方可以回来还是美好的，这地方完全属于他自己，这些东西是那么高兴又见到他，只要他回来，永远可以指望它们会同样欢迎他。

---

1 锚地是水域中专供船舶抛锚和停泊的地点。

6 癞蛤蟆先生

这是初夏的一个晴朗的早晨。小河已经恢复它的原状：常见的河岸和它惯常的水流速度。炎热的太阳好像在把各种绿的、一簇簇的和尖长的东西从地里向自己拉出来，拉上去，像是用线拉着似的。鼹鼠和河鼠天一亮就忙着跟船、跟划船季节开始有关的事情，他们油漆和上光，修理桨架、垫子，寻找不见了的船篙，等等。正当他们在他们的小客厅里快吃完早饭，起劲地在商量他们这一天的打算时，门上响起了很重的敲门声。

"真讨厌！"河鼠只顾着吃鸡蛋，说道，"去看看是谁吧，鼹鼠，做做好事，反正你已经吃完了。"

鼹鼠去应门，河鼠听见他惊叫一声，接着打开客厅门，庄重地宣布说："獾先生驾到！"

这实在是件怪事，獾竟会来看他们，或者说，竟会来看人。平时你就算急着要找他，还得趁他清早或者傍晚顺着树篱安静地散步的时候去截住他，要不然你得找到森林深处他的家里去，这可不是件闹着玩的事情。

獾步子沉重地迈进房间，站在那里，用一种十分严肃的神情看着这两只动物。河鼠听任他的吃蛋羹匙落在桌布上，张大了嘴巴坐在那里。

"时候终于到了！"獾最后极其庄重地说。

"什么时候？"河鼠十分不安地问道，看看壁炉上面的钟。

"你还不如说谁的时候，"獾回答说，"哼，是癞蛤蟆的时候！是癞蛤蟆他的时候！我曾经说过，只等冬天一过我要去对付他，今天我就去对付他！"

"是对付癞蛤蟆的时候，那还用说！"鼹鼠高兴地叫道，"好啊！我现在记起来了！我们要把他教育成为一只理智的癞蛤蟆！"

"就在今天早晨，"獾坐在扶手椅上说下去，"我是昨天晚上听可靠消息说的，又将有一辆超级人马力的新汽车要开到癞蛤蟆庄园去试车，不要就退货。就在这时候，癞蛤蟆也许正忙于穿上他心爱的那身难看得要命的衣服，使他从一只还比较好看的癞蛤蟆变成一个

怪物，任何正派的动物见了都会发疯的。我们必须着手去阻止，要不然就晚了。你们两位马上陪我上癞蛤蟆庄园去吧，一定要把他挽救过来。"

"你说得对！"河鼠跳起来叫着说，"我们要去挽救这只可怜的倒霉动物！我们要改变他！他将成为一只同我们改变他之前全然不同的癞蛤蟆！"

他们出发上路去做他们的好事，獾在前面带着路。动物结伴而行的时候总是走得规矩而聪明，他们走成一行，而不是横过道路乱走，万一碰到麻烦或者危险，这样走是不利于互相支持的。

他们来到癞蛤蟆庄园的行车道，正如獾刚才所预言的，看到了一辆闪闪发亮的新汽车，大型的，漆着鲜红色（癞蛤蟆最喜欢的颜色），它停在房子前面。当他们走近门口时，门一下子敞开，癞蛤蟆先生戴着风镜、鸭舌帽，穿着高统靴、其大无比的大衣，大摇大摆地走下台阶，把他那副长手套往手臂上拉。

"你们好！来吧，伙计们！"他一看见他们就兴高采烈地叫道，"你们来得正好，跟我一起去快活快活……一起去快活快活……去……这个……快活快活……"

一注意到他这三位闷声不响的朋友脸上板起来的表情，他热情的说话口气动摇了，消失了，他这句邀请的话没有说完。

獾大踏步走上台阶。"把他带进去！"他斩钉截铁地对他的两个伙伴说。接着，当癞蛤蟆又挣扎又抗议地被拖进门时，獾又向开新汽车的司机回过头来。

"我怕今天用不着你了，"他说，"癞蛤蟆先生已经改变了主意。他不想买这辆汽车了。请你明白，这是最后决定。你用不着再等。"接着他跟随大家进去，关上了门。

"好了！"当他们四个站在门厅的时候，獾对癞蛤蟆说，"首先，把你那些可笑的东西脱下来！"

"我不脱！"癞蛤蟆暴跳如雷地回答说，"你们这样穷凶极恶是什么意思？我要求马上作出解释。"

"那你们两个替他把他身上那些东西脱下来。"獾简单地吩咐说。

他们得把又踢又谩骂的癞蛤蟆按倒在地，才能好好地给他脱衣服。接着河鼠骑在他身上，鼹鼠一件一件地脱下他的开汽车服装，完了他们才重新让他站起来。由于他那身漂亮服装没有了，他那种恨天恨地的神气好像消失了不少。如今他只是一只癞蛤蟆，不再是公路的霸王，他无力地咯咯笑，用恳求的眼光从这个看到那个，好像对他当前的处境了解之至。

"你本知道，我迟早一定会走到这一步的，癞蛤蟆，"獾很凶地对他解释说，"你无视我们对你的所有劝告，你一直在乱花你父亲留给你的家财，由于你开车横冲直撞，净出车祸，一再跟警察吵架，你在这一带给我们动物造成了极坏的名声。独立自主是非常好的，可是我们动物从来不允许我们的朋友过分胡闹，而你已经达到极限了。说起来，你在许多方面是挺好的，我不想太难为你。我只想再作一次努力使你恢复理智。你跟我到吸烟室去，到那儿你会听到一些关于你的事。我们要看看你从那个房间出来的时候是不是跟你进去的时候一模一样，毫无改变。"

他紧紧抓住癞蛤蟆的胳臂，把他拉进吸烟室，一进去就关上了门。

"那没用处！"河鼠不屑地说，"跟癞蛤蟆谈话永远治不好他。他总是有话可说，歪理十八条。"

他们两个在扶手椅上坐得舒舒服服，耐心地等着。透过关着的门，他们只能听见獾没完没了的嗡嗡声，语气忽高忽低。很快他们就注意到，这长篇教训不断被拖长的呜咽声所打断，这种呜咽声显然出自癞蛤蟆的心胸，他是一个富于感情的软心肠家伙，很容易——至少在目前来说——被任何论点所改变。

过了大约三刻钟，门打开了，獾重新露脸，用爪子庄重地拉着一只软绵绵和垂头丧气的癞蛤蟆出来。他身上的皮肤松弛，下面两腿走不稳，两颊是一道一道由獾的感人谈话所勾起的眼泪。

"你在这里坐下，癞蛤蟆，"獾指着一把椅子和蔼地说，"我的朋友们，"他接下去说，"我很高兴地告诉你们，癞蛤蟆终于认识到他做错了。他现在真正为他过去的错误行为感到难过，他已经决心永远和汽车一刀两断。对于这件事，我得到了他的庄严保证。"

"这个消息真是太好了。"鼹鼠严肃地说。

"这个消息确实好，"河鼠怀疑地说，"只要……只要……"

他说这句话的时候死死地盯着癞蛤蟆看，不由觉得，在他那双还悲伤着的眼睛里看到了有点类似闪光的东西。

"有一件事还必须做，"心满意足的獾说下去，"癞蛤蟆，我要你当着你这些朋友的面，把你刚才在吸烟室里对我完全承认过的话庄重地再说一遍。第一，你对你的所作所为感到后悔，知道这些所作所为的愚蠢了吗？"

好半天没声音。癞蛤蟆无可奈何地这边看看，那边看看，而其他几位肃静地等待着。最后他开口了。

"不！"他声音比较低，但是很强硬，"我不感到后悔。这些事根本不愚蠢！它们简直了不起！"

"什么？"獾大吃一惊，叫了起来，"你这只出尔反尔的动物，你刚才不是还在那里对我说过……"

"噢，对，对，我在那里说过，"癞蛤蟆不耐烦地说，"在那里我什么都说了。你说得那么有道理，亲爱的獾，说得那么感动人，那么有说服力，你把你所有的看法说得那么惊人之好——在那里你可以要我怎样就怎样，这你知道。可是接下来我扪心自问，把所有的事想了一通，我发现我实在一丁点儿也不后悔或者懊恼，因此一丁点儿也不用说我是这样，对吗？"

"这么说，你不答应永远不再碰汽车了？"獾说。

"当然不答应！"癞蛤蟆加重口气说，"正好相反，我真诚地保证，我只要看见第一辆汽车，噗噗！我就坐上它走了！"

"我不是对你说了吗？"河鼠对鼹鼠说。

"那很好，"獾站起来斩钉截铁地说，"既然你不肯听我们劝，我们就要试试看用武力能够做到点什么。我一直担心会走到这一步。你曾经常常请我们三个来跟你住在一起，请我们住在你这漂亮的房子里，那好，癞蛤蟆，我们现在就来住。等我们把你改好了我们可以走，但在这以前我们不走。你们两位把他带到楼上去，锁在他的卧室里，然后我们再来商量一下怎么办。"

"癞蛤蟆，你要知道，这都是为你好，"当癞蛤蟆又是踢又是挣扎，被他的两个忠实朋友拉上楼时，河鼠好心地对他说，"你倒想想，等你完全克服了这种……你这种使你痛苦的毛病以后，我们大家在一起会过得多么好玩啊，就像以前那样！"

"癞蛤蟆，在你变好之前，我们要替你照料一切，"鼹鼠说，"我们要照顾着不让你的钱像原来那样挥霍浪费。"

"也不会再有给警察添麻烦的遗憾事情了，癞蛤蟆。"河鼠一面把他推进他的卧室，一面说道。

"也不会再一个星期又一个星期住在医院里，听女护士指手画脚了，癞蛤蟆。"鼹鼠在他面前转着钥匙，加上一句。

他们下楼来，癞蛤蟆在锁孔里对他们破口大骂。接着三个朋友开会商量眼前的情况。

"这件讨厌事情有日子可拖了，"獾叹着气说，"我还没见过癞蛤蟆像这样吃了秤砣铁了心。不管怎么样，我们还是要把这件事情办好。他不能有一分钟没人看管。我们要轮流陪着他，直到他改邪归正为止。"

他们安排好看守班次。每只动物轮班到癞蛤蟆的房间过夜，白天平分时间看守。对于看守癞蛤蟆的动物来说，癞蛤蟆起先实在不好对付。当他的毛病狂热发作的时候，他甚至把卧室里的椅子摆成汽车的样子，蜷缩在最前面的一把椅子上，向前弯着腰，紧盯住前面看，发出粗野和可怕的叫声，到高潮时，他翻一个 180° 的大跟头，趴在压破了的椅子中间，这时候他显然暂时感到心满意足。随着时间过去，这种毛病的发作总算渐渐不那么频繁，他的几个朋友努力把他的心思转到新的方面去。可是他对其他事情看来不感兴趣，他显然变得无精打采、垂头丧气了。

一天早晨轮到河鼠值班，他上楼去接替獾，只见獾坐立不安，急着要出去，要走长路到树林周围和地穴下面去溜溜腿。"癞蛤蟆还在床上，"他出了卧室门，回头告诉河鼠说，"没法子让他说别的话，他一个劲儿就是说，'噢，让我一个人待着吧，我什么也不要，也许我这样会好点儿，到时候会过去的，用不着过分担心……'，等等。现在你当心点，河鼠！等到癞蛤蟆安静下来，样样听话，装成可以获得主日学校奖赏的英雄，他就是到了最狡猾的时候。那准定有什么鬼。我知道他那一套。好，现在我得走了。"

"你今天好吗，老伙计？"河鼠来到癞蛤蟆床边，高兴地问道。

他等了几分钟才得到回答。最后，一个软弱无力的声音回答说："太谢谢你了，亲爱的河鼠！谢谢你来问我好！不过先请告诉我，你

自己好吗，了不起的鼹鼠好吗？"

"噢，我们都很好，"河鼠回答说，"鼹鼠嘛，"他不小心地补充说，"他和獾一起出去走走。他们都要到吃中饭时候才回来，因此你和我要在一起过一个愉快的上午，我将尽力使你高兴。现在起床吧，乖乖的，今天这么晴朗的一个早晨，你可别躺在床上闷闷不乐啊！"

"亲爱的好心河鼠，"癞蛤蟆咕哝着说，"你多么不了解我的身体，我实在没办法'起来'——想要起来也起不来！不过你别为我担心。我不希望成为我朋友的负担，我不想再成为这样的人。说实在的，我简直不希望这样。"

"对，我也不希望，"河鼠诚恳地说，"你这些日子害得我们好苦，我很高兴听到这件事就要收场了。而且天气这样好，划船季节就要开始！你太糟糕了，癞蛤蟆！我们倒不在乎什么麻烦，可是你害得我们失去了这么多乐趣。"

"不过我怕你们在乎的还是麻烦，"癞蛤蟆无精打采地回答说，"我完全理解这一点。这是十分自然的。你为我都烦透了。我怎么也不能求你再做什么事。我是一个祸害，这我知道。"

"你的确是个祸害，"河鼠说，"不过我告诉你，只要你能做一只有理智的动物，天底下任何麻烦事我都愿意为你做。"

"要是这样的话，河鼠，"癞蛤蟆比任何时候更无精打采地说，"那我就要请求你……这也许是最后一次了……尽快到村里去……哪怕现在可能太晚了……把一位医生请来。不过算了,你别费心了。这只是一个麻烦,也许我们可以一切听天由命。"

"怎么,你要请医生干什么?"河鼠问道,走得近一点来看他。他确实直挺挺地躺在那里一动不动,他的声音更弱,样子也大变了。

"你一定注意到那位去世的……"癞蛤蟆嘟哝说,"不……你干吗要注意呢? 注意事情只是一个烦恼。到明天,真的,你可能会对自己说:'噢,我当时更早一点注意到就好了! 我当时只要想点办法就好了! '噢,不,这是一个麻烦,别放在心上……忘掉我请求你的事。"

"听我说,老兄,"河鼠开始吓坏了,说道,"如果你真认为你需要医生,我当然要去把他给你请来。不过你还不可能糟到这种地步。让我们来谈点别的。"

"我怕,亲爱的朋友,"癞蛤蟆露出苦笑说,"碰到这种情况,'谈点别的'没有用……就是医生也无能为力;不过即使一根最轻的稻草也必须抓住不放。但是……在你去请医生的时候……我最恨给你添麻烦,不过我忽然想起,你会经过律师家……你能同时把律师也请来吗? 这对我就方便了,因为有些时候……也许我该说有一个时候……一个奄奄一息的人,不管怎么样也只好面对不愉快的事情!"

"律师！哎呀，他一定的确不行了！"[1]吓坏了的河鼠对自己说着，赶紧走出房间，不过到底没有忘记在出门以后小心地锁上房门。

到了外面，他停下来动脑筋。另外两个走远了，他没有人可以商量。

"最好还是稳当点，"他考虑过以后说，"我是听说过癞蛤蟆会忽然无缘无故地幻想自己糟糕得不得了，不过我还从来没听说过他要请律师！要是真没毛病，医生会告诉他，说他是一只老蠢驴，使他高兴起来的，那就算是没白跑了。我还是迁就他，走上一次吧，反正不用花多大工夫。"于是他向着村子跑去做好事。

癞蛤蟆一听见钥匙在锁孔里转动的声音，已经轻轻地跳下床，从窗口焦急地看着，直到河鼠顺着行车道跑得不见了为止。接着癞蛤蟆开怀大笑，尽快穿上他这时能找到的最漂亮的衣服，从梳妆台一个小抽屉里拿出现款，塞满了几个口袋，然后把床上的那些床单扭起来结在一起，把这根临时做成的绳子的一头拴在构成他卧室特色的漂亮都铎式窗子的石头中棂上。他爬出窗子，轻轻地顺着绳子滑到地面，吹起快乐的旋律，轻松地大踏步朝着河鼠相反的方向走。

等到獾和鼹鼠终于回来，河鼠这顿中饭吃得实在难以下咽，他得在桌旁面对着他们讲他那个又惨又无法说服人的故事。獾说出那番挖苦——且不说是粗暴——的话是可想而知的，那也就算了，而

使河鼠最难受的，是鼹鼠虽然尽可能站在他这位朋友一边，却还是
忍不住说："这回你可是有点说话不老实了，河鼠！癞蛤蟆也是的，
他是所有动物中说话最不老实的！"

1　当然，河鼠想到的是癞蛤蟆要请律师来给他写遗嘱。

"他可是装得真像啊。"垂头丧气的河鼠说。

"对你他是装得真像！"獾狠狠地回答他，"不过不管怎样，现在光说也于事无补。他如今是一去不回了，这是不用说的；然而最糟糕的是，他自以为聪明，不可一世，结果就什么傻事都会干出来。惟一的安慰是，我们现在自由了，不用再浪费我们的宝贵时间去放哨站岗了。不过我们最好还是在这癞蛤蟆庄园再睡些时间。癞蛤蟆随时会被送回来——或者是放在担架上抬回来，或者是被两个警察夹回来。"

獾话是这么说，却不知道未来会怎样，或者得有多少水——也不知它混浊成什么样——在桥下流过，癞蛤蟆才会重新舒舒服服地坐在他这祖传的庄园里。

这会儿癞蛤蟆又快活又无拘无束地顺着公路轻快地走着，离家有好几英里了。起先他走小路，穿过一片片田野，换了好几次路线，生怕有人在后面追他。可后来他觉得安全了，不会再被捉住了，太阳明亮地对他微笑，整个大自然汇成了一个大合唱，和着他自己心中在唱的自我赞美歌，他心满意足，得意洋洋，一路上几乎跳起舞来。

"干得真不错！"他咯咯笑着对自己说，"用脑子对付暴力……脑子获胜……还能不是如此。可怜的河鼠！哈哈！等獾回家，他还莫名其妙呢！河鼠是个好人，有许多优点，可是太不聪明，一点没有教养。有一天我得把他捏在手里，看看我是不是能拿他派个什么用处。"

他满脑子都是这种自高自大的思想，昂首阔步，一路走去，一直来到一个小镇，大街上有一个招牌，上面写着"红狮饭店"。他横过马路，摇来晃去，而他这一天还没有吃早饭，他走了那么多路，肚子都饿过头了。他大步走进这家饭店，点了马上就能做好的最丰盛的午餐，在咖啡室里坐下来就吃。

吃到一半，从街上传来一个太熟悉了的声音，使他跳起来又坐下，浑身发抖。噗噗声越来越近，听得见那辆汽车拐弯开进饭店的院子，停了下来，癞蛤蟆得抓住一条桌子腿，好不让人看见支配着他的情绪。马上有一群人走进咖啡室，肚子饿得咕咕叫，高谈阔论，兴高采烈。没完没了地说他们一个上午的经历和汽车的优点，它载着他们一路开得好极了。癞蛤蟆起劲地听着，竖起了耳朵，听了半天；最后再也忍耐不住，悄悄地溜出房间，到柜台付了账。一到外面，他悄悄地绕到饭店的院子里，心里说："我只去看看它，那不会有什么坏处！"

汽车停在院子中央，根本没有人照管，司机和其他随从都在吃他们的中饭。癞蛤蟆慢慢地绕着汽车转，仔细看它，品评着，入了迷。

"我不知道，"他马上又想，"我不知道这种汽车开动起来是不是

容易？"

　　紧接着也不知怎么搞的，他已经抓住把手，把它转动起来。等到熟悉的声音一响，过去的那种激情马上支配了癞蛤蟆，把他完全左右了，连身体连他的心。他像做梦一样，已经坐到司机座位上；他像做梦一样，把排挡一拉，让汽车在院子里转，接着开出了大门；他像做梦一样，什么对与不对，什么害怕的后果，好像一时都置诸脑后了。他加快车速，当汽车在街上飞驰，开到公路，穿过田野时，他只觉得自己又是癞蛤蟆了，是至高无上的癞蛤蟆，是恐怖霸王癞蛤蟆，是阻塞交通的大王，是荒僻小路的上帝，在他前面人人都得让路，要不然就得给压死，送到阴间去。他一路飞驰，唱着歌，汽车用响亮的呜呜声回答他。一英里又一英里的路在他身体底下过去，他飞也似的不知要开到哪里去，只顾满足他的本能，图个眼前痛快，根本不顾接下来会怎么样。

　　"依我看，"地方法官快活地说，"这个案子已经十分清楚，惟一的困难是，我们怎么才能严惩这个不思悔改的无赖和冷酷的坏蛋。依我看，再清楚不过的证据表明他是有罪的：第一，他偷了一辆昂贵的汽车；第二，开车造成公共危险；第三，对乡村警察蛮横无礼。

书记员先生，是不是请你告诉我们，对这些罪行的每一件，最严厉的处罚是什么？自然不必假定犯人有可能无辜，因为证据确凿。"

书记员用他的钢笔杆擦擦鼻子。"有人会认为，"他说，"最大的罪行是偷汽车，这无疑是对的。不过实在应受最严厉惩罚的是对警察无礼，这无疑是应该的。假定说由于偷窃囚禁十二个月——这是很轻的；由于疯狂开车囚禁三年——这是很宽的；由于无理取闹囚禁十五年——根据我们听到的证人陈述，哪怕如我一向那样只相信

其十分之一，这种无理取闹是极恶劣的……把这些数字准确地加在一起，合计是十九年……"

"好极了！"法官说。

"……因此你最好关他二十年左右，这样比较稳妥点。"书记员结束他的话说。

"一个了不起的建议！"法官称赞说，"犯人！你聚精会神起来，肃立。这一回要判你二十年。记好了，不管你为了什么事情被控，如若再次出现在我们面前的话，我们将非严惩你不可！"

　　于是凶狠的警察一下子向倒霉的癞蛤蟆扑上来，给他套上锁链，把他拉出法庭，他又是尖叫，又是哀求，又是抗议。他们穿过市场，爱开玩笑的人群向来对被侦破的罪犯十分严厉，而对仅仅被"通缉"的人则表示同情和帮忙，他们向癞蛤蟆投来嘲笑、胡萝卜和流行口号。经过哇哇叫的小学生时，他们天真的小脸快乐得亮堂起来，他们看见绅士受难总是这么快乐的。他们走过发出空洞声音的吊桥；从钉有大铁钉的城堡吊闸底下过去；穿过森严的老城堡的可怕拱道，城堡的古塔楼高耸在头顶上；他们经过一个个警卫室，那里面满是下了班的兵士，龇牙咧嘴地笑；经过哨兵面前时，哨兵用狠狠嘲笑的样子咳嗽一声，值勤的哨兵也只敢这样对罪犯表示蔑视和憎恨；他们走上朽坏的盘梯，经过戴钢盔穿钢甲的武装士兵面前，士兵们从脸盔下投来恶狠狠的目光；他们穿过监狱院子，一些猛犬想挣脱皮带，张牙舞爪要来扑他；他们经过穿古代服装的狱卒身边，狱卒的长戟靠在墙边，头垂在一个饼和一壶啤酒上面打盹；他们走啊走，经过拉肢刑和夹拇指刑的行刑室，经过通到绞刑架去的路的路口，一直来到最里面一个监狱的最阴暗的地牢的门口。最后他们在那里停下来，有一个穿古代服装的狱卒坐在门前，用手指玩弄着一束大钥匙。

　　"小老头！"警官说着摘下头盔，擦着脑门，"你醒醒，老傻瓜，

接过我们手里这只坏透了的癞蛤蟆吧，他犯有最大的罪，而且诡计多端。你要使出你的浑身解数来看好他！警告你，灰胡子，万一出了事情，你那老脑袋就要不保……你们两个天杀的！"

　　狱卒阴着脸点点头，把他一只干瘦的手搭在可怜的癞蛤蟆的肩头上。发锈的钥匙在锁眼里咯啦一声，巨大的门在他们身后哐当关上。于是癞蛤蟆就成了整个快乐的英国里这个最坚固的城堡中防卫最严密的监狱内最深的地牢里的一名最没救的囚犯。

7 黎明时的吹笛人

柳树间的苔莺躲在黑暗的岸边轻轻唱着它轻柔的小曲。虽然已经过了夜里十点，天空仍旧依恋着和残留着逝去的白天的余晖。下午炙人的闷热让短促的仲夏夜的凉飕飕的指头伸开一碰，散开了，退走了。鼹鼠叉手叉脚躺在岸边，挨过一个从黎明到日落都万里无云的炎热日子，至今还在喘气，正等着他的朋友回来。他跟几个伙计一直在河上，让河鼠去看水獭，他们约定已经很久了。鼹鼠回来时屋子里乌灯黑火，也没有人，根本没有河鼠的影子，他准是在他那位老朋友家里呆晚了。在室内依然太热，他就躺在外面凉快的酸梅叶子上，回想已经过去的这一天和做过的一些事情，他们大家过得多么愉快啊。

　　很快就听到河鼠踏着轻盈的脚步走过干了的草过来。"噢，多么凉爽啊！"他说着坐下来，沉思地望着小河，一声不响，想着心事。

　　"你自然是留下来吃晚饭了？"鼹鼠马上说。

　　"只好这样，"河鼠说，"我说要回来，他们听也不肯听。你知道他们一向是多么客气。他们照老样子，尽量使我过得愉快，一直到我走。不过我一直觉得难受，因为我很清楚他们十分不快活，虽然他们拼命掩盖着。鼹鼠，我担心他们有麻烦。小胖子又失踪了，你知道他父亲多么想他，尽管他始终不说出来。"

"怎么，那孩子走了？"鼹鼠轻轻地说，"嗨，就算他走了吧，干吗担心呢？他经常走失，然后又回来了，他太好冒险。可是他一直没出什么毛病。周围个个认识他，喜欢他，就像他们认识和喜欢老水獭那样，你可以放心，会有只动物碰到他，好好把他又带回家的。可不，我们自己也曾经找到过他，在离家几英里的地方，他还挺镇静和快活呢！"

"对，不过这一回严重得多，"河鼠沉着脸说，"他到如今已经失踪了好几天，那些水獭到外找他，爬高爬低，可哪儿也没找到他的一点踪迹。他们向周围许多里的每一只动物打听过，可是没有一只动物知道他的一点儿消息。水獭显然比他承认的更加焦急。我从他嘴里听出来，那小胖子还没有学会好好游泳，因此我可以看到他在想着那个水坝。考虑到一年的这个季节，有大量的水在流下来，这个地方对孩子总是有一股魅力。而且你知道，那儿还有捕捉机什么的。在这季节以前，水獭可不为他的哪个儿子担心。现在他的确是担心了。我离开的时候他跟我一起出来……说他想透透空气，要活动活动他的腿。可是我看得出他不是为了这个，因此我逗他说话，盘问他，终于套出了他所有的心里话。他要通宵在浅滩旁边守候着。你知道过去造桥以前涉水过河的那个浅滩吧？"

"我知道得很清楚，"鼹鼠说，"不过水獭为什么要挑那个地方守候呢？"

"这个嘛，看来他是在那里第一次教小胖子学游泳，"河鼠接下去说，"就在岸边水浅有石子的地方。他经常在那里教他钓鱼，小胖子在那里捉到了他的第一条鱼，他为这条鱼感到非常自豪。那孩子爱那个地点，因此水獭认为，如果他从什么地方浪荡回来——如果这可怜的小家伙这会儿是在什么地方浪荡——他会向这个他如此喜欢的浅滩走。或者他经过那里的时候记起了它，也许会停下来玩。因此水獭每天晚上到那里看望……碰碰运气，你知道，只是为了碰碰运气！"

他们沉默了一会儿，都在想着同一样事——那只孤单的、伤心的动物，他蹲在浅滩旁边，看着等着，漫漫长夜——为了碰碰运气。

"好了好了，"河鼠紧接着说，"我想我们该进屋去了。"不过他一点没有想动的样子。

"河鼠，"鼹鼠说，"我简直不能进去，不能去睡，不能不做点事，即使没有什么事情要做。我们去把船拿出来，顺着河划上去。再过一个钟头左右，月亮就要出来了，我们尽可能地搜索……不管怎么说，这比上床什么事也不做好。"

"我想的正好也是这个，"河鼠说，"反正这不是上床睡觉的夜晚，

离开天亮也不太远了，我们一路去，可以从早起的人那里打听到他的一点消息。"

他们把船拿出来，河鼠抓起船桨，小心地划起来。河中心有一条窄窄的清澈的水流，它隐约地反映出天空；可是在其他地方，岸上的影子落到水里，矮树丛或者大树木上，跟整个河岸本身一样黑，因此鼹鼠只好判断着把舵。夜又黑又没有人影，充满轻微的喧声、歌声、喊喊喳喳声和沙沙声，说明那些忙碌的小居民都没有睡，来来去去，通宵从事他们的工作，直到阳光最后落下来，打发他们去享受他们很好地挣来的休息。水本身的声音也比白天更加清楚，它的咕咕声和噗噗声更出奇地近，他们不时被一个发音真正清晰的突如其来的叫声吓一大跳。

衬着天空，地平线又清楚又明显，在某一处，银色的粼光越升越高，地平线看上去就很黑。最后月亮庄严地慢慢升到等待着它的大地上空，完全离开了这支撑它的地平线。他们重新开始看到地面——伸展开来的草原，安静的花园，还有小河本身，从河这边到河那边，全都悠然露了出来，神秘和恐怖全都一扫而光，跟白天一样绚丽，不过又很不同。他们的老地方换了装又在欢迎他们，就像它溜走了，穿上这崭新的服装悄悄地回来，微笑着同时含羞地等着，看它变成了这个样子，他们是不是还认识它。

两个朋友把他们的小船拴在一棵柳树上，登上这个静悄悄的银色王国，耐心地搜索矮树丛、树洞、地道、水沟、坑壕和干河道。他们又重新下船，划到对岸，就这样一路沿着河找过去，这时月亮静静地嵌在没有云的天空上，虽然离开那么远，却尽它的可能帮助他们寻找；直到时间到了，它不得不向地面沉落下来，离开他们，神秘又一次笼罩着田野和小河。

接着慢慢地开始发生变化。地平线变得更清楚，田野和树木更可以看出来，不过样子不同了，渐渐没有了神秘的气氛。一只鸟忽然尖声鸣叫，又不响了；一阵微风吹来，吹得芦苇和香蒲沙沙响。这时鼹鼠在划船，在船尾的河鼠忽然坐直身子，激动地竖起耳朵听。当河鼠仔细盯着河岸看时，鼹鼠划得很轻，只让船能向前移动，他有些惊讶地看着河鼠。

"没有了！"河鼠叹了口气，重新回到他的座位上，"那么美，那么奇怪，那么新颖！它结束得这么快，我简直希望我从来没听到过它。因为它已经引起了我的渴望，那简直叫人痛苦，好像什么都变得没意思了，只想再听到那声音，永远听下去。不对！它又来了！"他叫道，又一次竖起耳朵。他出神了，半天一声不响，入了迷。

"现在它在消失了，我开始要失去它了，"他不久以后说，"噢，鼹鼠，它多美啊！一连串的欢乐，远方笛子轻柔、清晰、快活的呼唤！

这种音乐我做梦也没有想到过。它是酣蜜的音乐，但更是强烈的呼唤！划吧，鼹鼠，快划！因为这音乐和呼唤一定是冲着我们来的。"

鼹鼠十分惊讶，可是照他说的做。"我可什么也没听见，"他说，"我只听见风在吹响芦苇、草丛和垂柳。"

河鼠一点也不回答，好像他的确又听到了。他全神贯注，万分激动，浑身颤抖，全部心思被这新的、神圣的东西所控制，它揪住了他无能为力的灵魂，震撼着它，犹如一个没有力量然而幸福的婴儿被拥在强有力的怀抱里。

鼹鼠默默地不断划着桨，很快他们就来到这条河分流的地方，一条长长的回流流到一边。早已放开舵的河鼠把头微微地动了动，让鼹鼠把船划到回流上去，天色越来越亮，现在他们能够看见河边鲜花的颜色了。

"越来越清楚，越来越近了，"河鼠高兴地叫道，"现在你一定听见了！啊……到底……我看出来你听见了！"

屏着气发着呆的鼹鼠停止了划船，那流水般的快活笛声像一个浪头似的向他扑来，把他卷走，完全控制了他。他看到他伙伴脸颊上的泪水，低下头来，明白了。好大一会儿他们停在那儿，被岸边的紫色珍珠菜擦着；接着清楚而迫切的召唤和令人陶醉的旋律一起压服了鼹鼠，他机械地又向船桨弯下腰去。亮光不断地加强，可是没有鸟儿像在黎明时习惯的那样歌唱；除了那天堂的音乐，一切都寂然无声。

当他们滑动着前进时，在他们两边，草原上丰饶的草那天早晨好像无比的新鲜和翠绿。他们从来没见过玫瑰花这样鲜艳，垂柳这样浓密，绣球菊这样香气扑鼻。这时满耳是离近了的水坝的喃喃声，他们意识到他们此行快到头了，不管前面将是什么，它正在等着他们。

宽阔的半圆形泡沫，反射的光和闪烁的绿水长拱，这巨大的水坝把整条回流拦断，用旋涡和一道道泡沫扰乱了整个平静的水面，用它庄严和使人安静的轰轰声压下了所有的其他声音。在水流当中，在水坝闪亮的激浪怀抱里，一动不动地兀立着一个小岛，岛的边上围着柳树、银色的桦树和桤木。它沉默，含羞，可是充满深意，把它所有的一切藏在一层轻纱后面，直藏到那个时刻到来，时刻一到，那些被召唤和被选中的人就来了。

两只动物慢慢地、毫不迟疑地、带有一种庄严的期待心情穿过起伏不平的喧闹河水，把他们的船停泊在小岛布满鲜花的岸边上。他们静悄悄地上岸，拨开开着花、喷着香的树丛向前走，它们把他们带到岛上，直到他们站在一块翠绿的小草地上，它四周围着大自然自己的果树——酸苹果、野樱桃、野刺李。

"这是我的梦乡，这是音乐为我奏响的地方，"河鼠恍恍惚惚地悄悄说，"在这里，在这块神圣的地方，也只有在这里，我们一定会找到他！"

就在这时候，鼹鼠忽然产生了一种巨大的敬畏感，这种感觉使他的肌肉变成水，使他的头垂下来，使他的脚站在地上不能动。这不是惊恐——他实在感到异常平静和快活——但这是一个袭击他和控制了他的敬畏感，他不用看就明白，这只能意味着一个令人敬畏的精灵离得非常非常近了。他好容易转过脸去找他的朋友，只见他在自己身边受了惊，吓坏了，浑身剧烈地哆嗦着。他们周围鸟栖的浓密树枝里依然一片死寂，光线越来越亮。

鼹鼠也许会永远不敢抬起他的眼睛，可是笛声现在虽然停了，召唤却好像依然不容分说地支配着他。哪怕死神就在等着马上打击他，他也不能不用临终的眼睛看一下一直隐匿着的东西。他哆嗦着服从这个意愿，抬起他低微的头。这时五彩缤纷的大自然好像屏住气在等待着这件即将发生的事，他在迫近的黎明的曙光中看着朋友和帮助者[1]的眼睛。他看到在越来越亮的日光中闪烁的犄角向后弯曲；他看见低下来幽默地看他们的一对和善眼睛之间那个严峻的钩

1　指潘神，他是希腊神话中人身羊足、头上有角的畜牧神。

鼻，而长着胡子的嘴的两个嘴角露出淡淡的微笑；他看到横放在宽阔胸前的一条胳臂的起伏肌肉，那只柔软的长手仍旧握住刚离开张开的嘴唇的潘神箫；他看到舒服地搁在草地上的两条毛蓬蓬的腿的美丽曲线；最后，他看到就在神的两个蹄子之间，安静而满足地熟睡着那只圆滚滚、胖乎乎的小水獭。他屏着气，紧张地一下子在晨曦中鲜明地看到了这一切。他看着，可依然活着；他活着，依然在惊讶。

"河鼠！"他缓过气来颤抖着悄悄说，"你害怕吗？"

"害怕！"河鼠嘟囔着说，他的眼睛闪现着难以形容的爱，"害怕！害怕他？噢，永远没有这回事！不过……不过我还是……噢，鼹鼠，我害怕！"

接着两只动物趴在地上，低下他们的头膜拜。

又突然又壮丽，金色的大太阳对着他们露出在地平线之上；第一道光线射过水草地，照到了两只动物的眼里，使它们眼花缭乱。等他们能够再看清楚东西时，那幻影消失了，空气中充满了欢迎黎明的鸟的颂歌。

当他们茫然看着，当他们越来越说不出地难过，慢慢明白过来他们所见到的和他们已经失去的一切时，一阵任性的微风从水面飘上来，颠簸白杨，摇动带露水的玫瑰，轻轻地、亲切地吹在他们的

脸上，由于它温柔的吹拂，他们马上忘记了刚才的一切。因为这是好心的半神半人小心地赐予他曾现身帮助过的人的最后和最好的礼物，这就是遗忘。不应有丝毫可怕的记忆留下来并滋长，给欢乐投下阴影，大量记忆会破坏从困难中被解救出来的小动物以后的生活，忘掉这些，能使他们依然像从前一样快活和轻松。

鼹鼠擦擦他的眼睛，望着河鼠，河鼠却正用一种迷惑不解的眼光看着他。"对不起，你说什么了，河鼠？"他问道。

"我想我只是说，"河鼠慢腾腾地回答，"正是这个地方，是这个地方而不是别的地方，我们应该能够找到他。瞧！那不是他吗，那小家伙！"他欢呼着向那睡着的小胖子跑过去。

可是鼹鼠一动不动地站了一会儿，思索着。就像一个人忽然从美梦中惊醒，拼命要把梦想起来，可是再也想不出来，只模糊地感到美，美！接着连这一点也消失了，做梦的人只好痛苦地接受那冷酷的梦醒事实及其苦恼。这样，鼹鼠跟他的记忆作了一次短暂的斗争以后，难过地摇摇头，跟着河鼠去了。

小胖子醒来发出一声快活的尖叫，看见了他爸爸的两个朋友，他高兴得身体直扭，过去他们经常跟他在一起玩。不过一下子他的脸变得毫无表情，趴下来发出哀叫声，团团转地寻找。就像一个孩子在他保姆的怀抱里快活地睡着了，醒来发现自己独自一个，躺在一个陌生的地方，于是搜索一个个角落、一个个柜子，从这个房间跑到那个房间，心中默默地感到越来越失望。小胖子也是这样，把小岛搜索来搜索去，又固执又不放松，可是最后没有办法了，只好罢休，于是坐下来哇哇地痛哭。

鼹鼠赶快跑过去安慰这只小动物，可是河鼠留在那里，久久地、怀疑地盯住深深印在草地上的一些蹄印看。

"一个……很大的……动物……曾经在这里。"他思索着慢慢地咕哝说。他站在那里一动不动，一动也不动，他的心奇怪地扰乱了。

"你过来，河鼠！"鼹鼠叫他，"想想可怜的老水獭吧，他正在浅滩那里等着！"

小胖子听到答应他坐会儿河鼠先生那只真的船，很快就不哭了。两只动物把他带到水边，让他上船，安稳地坐在他们两个中间，划着船顺着回流走。这时候太阳已经完全出来，晒得他们暖洋洋的，小鸟响亮地开怀歌唱，鲜花从两边岸上微笑点头，然而不管怎么说——两只动物心里想——它们总不及他们好像记得最近在什么地方见过的鲜花绚丽多彩——只是他们想不起是在什么地方。

大河又到了，他们把船头转过来溯河而上，向着他们知道他们的朋友正在孤零零地守候的地点走。等到他们划近那个熟悉的浅滩，鼹鼠把船划到岸边，他们把小胖子从船上举起来，放到岸边，让他站在拉纤的小道上，吩咐他开步走，拍拍他的背跟他友好地告别，又把船划到河中心。他们看着那小家伙高高兴兴、大摇大摆地顺着

小路走，直看到他的鼻子忽然抬起来，从摇摇摆摆的慢步变为跌跌撞撞的快步，同时尖叫着和扭动着身体打招呼。他们朝河上游看，可以看到大水獭又紧张又板着脸，从他一声不响耐心蹲着的浅滩上跳起来，可以听到他钻过柳林到小路上时惊讶和快活的叫声。这时候鼹鼠使劲一扳船桨，把小船转过来，让涨水的小河把他们重新随意带走，他们寻找小水獭的任务结束了。

"我觉得出奇的累，河鼠，"船一路漂走，鼹鼠无精打采地靠在船桨上说，"你也许会说，一整夜没睡了，可那算不了什么。在一年的这个季节，我们一个礼拜有一半夜晚是这样的。不，我是觉得我好像经历了什么非常兴奋而又十分可怕的事情，它刚刚才结束，然而又没有发生过什么特别的事情。"

"或者是什么非常惊人、非常了不起、非常美丽的事情吧，"河鼠向后靠着，闭上了眼睛咕哝说，"我的感觉和你的一模一样，鼹鼠，简直累得要死，不过不是身体累。幸亏我们有这条河把我们送回家。又感觉到了太阳，它一直暖到了骨头里，这不是快活极了吗！你听吧，风在吹响着芦苇！"

"它像音乐——遥远的音乐。"鼹鼠瞌睡着点头说。

"我也是这么想，"河鼠咕哝说，他像做梦似的，精疲力竭，"跳舞音乐——那种永无休止的有节奏的轻快音乐——不过音乐中还有字——它转化为字，又从字转化为音乐——我不时听到这些字——接着它又一次变成跳舞音乐，接着什么也没有，就是芦苇的轻柔簌簌声。"

"你的听觉比我灵，"鼹鼠难过地说，"我听不见字。"

"让我试试看把它们念给你听，"河鼠轻轻地说，他的眼睛依然闭着，"现在它又变成字了——很轻可是很清楚——为了免得敬畏存在你心中——免得快乐变成烦恼——你将在我帮助你时看到我的力量——但随后你将忘记！现在芦苇声接上来了——忘记，忘记，它们叹息，它轻下去成为沙声和低语。接着字句又回来了——

"为了免得手脚红肿割破——我触发放好的捕捉器——当我松开捕捉器时，你们可以看到我——因为你们将会忘记！划得近些，鼹鼠，离芦苇近些！很不容易听见，声音越来越轻了。

"帮助者和医治者，我很高兴——潮湿林中的小迷路者——我在它里面找到他们，我把伤口包好——让他们全都忘记！划近些，鼹鼠，划近一些！不，没有用了；歌又消失，变成了芦苇的簌簌声。"

"不过那些字句是什么意思呢？"感到惊奇的鼹鼠问。

"那我可不知道，"河鼠坦白说，"它们到我耳朵里我就转述给你听。啊！现在它们又回来了，这一回它们又响亮又清楚！这一回终于是真的，错不了，简单——热情——完整——"

"那让我也听听吧。"鼹鼠在烈日底下已经昏昏欲睡，耐心地等了几分钟，说道。

可是没有回答。他抬头看看，明白了为什么寂静无声。河鼠脸上露出十分快乐的微笑，还保持着一种谛听的样子，然而疲倦的河鼠睡熟了。

8 癞蛤蟆的冒险

等癞蛤蟆看到自己被关在一个又暗又臭的地牢里，知道一座中世纪古堡全部可怕的黑暗把他跟外面世界那充满阳光的碎石公路隔开——他不久前在那里还那么高兴，就像英国所有的道路都给他买下了一样，他不由得全身趴在地上，流下痛苦的眼泪，陷入黑暗的绝望之中。"一切都完了，"他说，"至少是我癞蛤蟆的一生完了，两者反正都一样。受人欢迎和英俊的癞蛤蟆，家财富有和慷慨好客的癞蛤蟆，自由自在、漫不经心和兴高采烈的癞蛤蟆，完了！我怎么还能希望重新逍遥自在呢。谁会这样公正地被关起来呢，因为我竟如此大胆地偷了一辆如此漂亮的汽车，因为我竟如此耸人听闻、富于想像力地作弄了一群如此肥胖、脸色红润的警察！"（说到这里他呜咽得说不出话来。）"我真是一个蠢东西，"他说，"如今我必须老死在这个地牢里了，直到因说认识我而自豪的人都忘掉癞蛤蟆这个名字为止！噢，聪明的老獾啊！"他说，"噢，聪明的河鼠和懂事的鼹鼠啊！你们具有多么正确的判断、多么丰富的人事知识啊！噢，不幸和被抛弃的癞蛤蟆啊！"他就哀叹着这一类话度过他的日日夜夜，足有好几个礼拜，拒绝吃饭或者吃茶点，尽管那穿古代服装的严厉狱卒知道癞蛤蟆的口袋塞满了钱，常常向他指出，有很多可以使生活舒服的东西，还有确实豪华的东西，可以安排从外面送进来——只要出钱就行。

话说这位狱卒有个女儿，是个可爱的姑娘，而且心肠好，经常帮她爸爸干点他工作上的轻活。她特别喜欢动物，她有一只金丝雀，鸟笼白天挂在监狱厚墙上一枚钉子上，把吃过饭想打个盹的囚犯吵得要命，晚上则放在门厅里的桌子上盖着。除了这只金丝雀，她还养着几只花斑鼠和一只转个不停的松鼠。这位心地善良的姑娘很可怜癞蛤蟆的悲惨遭遇，有一天对她爸爸说："爸爸！我不忍心看那只可怜的野兽那么难过，变得那么瘦！你让我来照料他吧。你知道我多么喜欢动物。我要使他从我的手里吃东西，坐起来，并且做各种事情。"

她爸爸回答说，她可以爱怎么对待他就怎么对待他。他对癞蛤蟆，对他的脾气、他的神气、他的讨厌劲儿，已经厌烦透了。因此这天她做好事，来敲癞蛤蟆的牢门。

　　"喂，快活起来吧，癞蛤蟆，"她进门时哄他说，"坐起来擦干你的眼泪，做一只懂事的动物吧。试试看吃点东西。瞧，我给你带来了一些我做的食品，刚出炉，还热乎乎的。"

　　在两个盘子之间是油煎土豆卷心菜，它的香气洋溢着整间狭小的牢房。沁人心脾的卷心菜香味钻进伤心地平躺着的癞蛤蟆的鼻子。使他一时想到，生活也许还不是他想的那么空虚和绝望。不过他还是哭号，踢脚，拒绝进食。于是那聪明的姑娘出去一会儿，热气腾腾的卷心菜的大量香气自然留了下来，这是不消说的。那癞蛤蟆在哭泣间吸着鼻子，动起脑筋，渐渐开始想一些鼓舞人心的新念头：想到骑士气概、诗歌和还须完成的业绩；想到广阔的草原，在它上面牛群在吃草，太阳晒着，风吹着；想到菜园、笔直的树篱、蜜蜂围着嗡嗡叫的金鱼草；还想到癞蛤蟆庄园里盘子放在桌上时的乒乒乓乓声以及大家把椅子拉近桌子去吃饭时椅子脚擦地的嚓嚓声。狭小牢房的空气里蒙上了粉红色。他开始想到他的朋友，他们一定可以想出点办法来；他想到律师，他们一定会对他的案子感兴趣，他没请几个律师，真是太蠢了；最后他想到他自己的无比聪明和智慧，以及他只要认真想想就可以做到的事。他的心情差不多好了。

那个姑娘过了几个钟头回来，端着一个托盘，上面是一杯热气腾腾、香气扑鼻的茶，还有满满一盘很热的黄油吐司，面包片很厚，两面烤得焦黄，黄油透过面包孔滴下来，金色的一滴一滴，就像蜂房滴下的蜂蜜。黄油面包的香味简直是在跟癞蛤蟆说话，说的什么毫不含糊：它说到温暖的厨房；说到在晴朗的霜晨吃早饭；说到冬天晚上在舒服的客厅炉火边，刚刚散步归来，穿着拖鞋的双脚搁在壁炉的围栏上；说到心满意足的猫的咕哝声和打盹的金丝雀的抖动。癞蛤蟆又一次直挺挺地坐了起来，擦干眼泪，吸他的茶，吧嗒吧嗒嚼他的吐司，很快就开始随口讲起他自己，他住的房子，他在那里干些什么，还讲他有多么重要，有多少朋友在想着他。

狱卒的女儿看到这话题跟茶一样对他确实起了作用，便鼓励他说下去。

"给我讲讲癞蛤蟆庄园吧，"她说，"它听起来挺美的。"

"癞蛤蟆庄园嘛，"癞蛤蟆神气地说，"它是地地道道一座一应俱全的府第，无与伦比。它建于十四世纪，可如今全部是现代设备。现代卫生设备。到教堂、邮局和高尔夫球场只要五分钟。适合于……"

"天啊，我的小动物，"姑娘哈哈笑着说，"我可不想**买**房子。给我讲点它的实质性事情吧。不过先等我给你再拿点茶和吐司来。"

　　她走了，马上又端回来一托盘食物。癞蛤蟆狼吞虎咽地埋头吃吐司，他的精神又恢复到平时那样了，对她讲船库、鱼塘和围着墙的老菜园，讲猪圈、马厩、鸽子棚和鸡舍，讲牛奶棚、洗物屋、瓷器柜和压布机（她特别喜欢这个），讲宴会厅和大家在那里的乐趣。接着她想知道他那些动物朋友，他于是讲他们，他们怎么生活，怎么消磨时间，姑娘听得津津有味。自然，她没有说她喜欢动物只是为了玩赏，因为她感觉到这样说癞蛤蟆会极其生气的。当她充满了他的水罐，替他把干草弄松，对他说明天见的时候，癞蛤蟆已经又几乎变成原来那样一只身体健康和得意洋洋的动物了。他唱了一两

支他在晚会上常唱的小曲，在干草上蜷起身体，美美地睡了一夜，做了一些最甜蜜的梦。

从此以后，在一个个沉闷的日子里，他们在一起谈了许多有趣的话。狱卒的女儿越来越为癞蛤蟆难过，觉得这么一只可怜的小动物，为了些她看来只是芝麻绿豆小的过错就被锁在牢里，实在太不像话了。而癞蛤蟆呢，由于他的虚荣心，自然认为她对他的关心是由于

日益增长的柔情，忍不住感到有点可惜，他们之间的社会鸿沟太宽了，因为她是一位秀丽的姑娘，显然爱上了他。

一天早晨这姑娘心事重重，回答他的问题时心不在焉，癞蛤蟆觉得他的妙语宏论她不怎么注意听。

"癞蛤蟆，"她很快就说出原因来，"请你听着。我有一个婶婶是洗衣服的。"

"得了得了，"癞蛤蟆宽宏大量和亲热地说，"不要紧，别把这个放在心上。我有好几个婶婶也应该是洗衣妇。"

"你安静一会儿，癞蛤蟆，"那姑娘说，"你说得太多了，这是你的主要毛病，我打算动动脑筋，可你吵得我头痛。正像我说了的，我有一个婶婶是洗衣服的，她给这城堡里所有的犯人洗衣服——你明白，我们想把所有这类挣钱的活都包给自己人干。她星期一早晨来把要洗的衣服拿出去，星期五晚上送回来。今天是星期四。我想到的是：你非常有钱——至少你一直跟我这么说——而她十分穷。几个英镑对你来说不算什么，可对她就是一笔大钱。好，我想如果好好跟她商量商量——买通她，我相信你们动物用的是这个字眼——你们就可以达成协议，她让你穿上她的衣服，戴上她的女帽等，你就能扮成一个官方认可的洗衣妇从城堡里逃出去。你们两个在许多地方非常相像——特别是你们的身材。"

"我们不像，"癞蛤蟆生气地说，"我的身材非常优美——对于我这只癞蛤蟆来说是这样的。"

"我的婶婶也是，"那姑娘答道，"对于她这个人来说也是的。那就随你便吧。我是可怜你，想帮你的忙，你却是一只讨厌、骄傲、不知好歹的动物！"

"好了好了，不说了，实在非常感谢你，"癞蛤蟆赶紧说，"不过你听我说！你绝不能让癞蛤蟆庄园的癞蛤蟆先生装扮成一个洗衣妇到处走！"

"那么你就待在这里做你的癞蛤蟆先生吧，"那姑娘十分生气地回答说，"我想你是要坐一辆四匹马拉的马车出去吧！"

老实的癞蛤蟆总是随时准备好认错。"你是一位好心的聪明好姑娘，"他说，"我确实是一只骄傲愚蠢的癞蛤蟆。谢谢你把我介绍给你那位可敬的婶婶吧，我毫不怀疑，这位了不起的太太和我将会商量出让双方满意的条件来的。"

第二天晚上，姑娘把她的婶婶带进癞蛤蟆的牢房，她手里拿着一包她一星期的换洗衣服。老太太预先已经准备好这次会见，一看见癞蛤蟆经过考虑放在桌子上的金币，事情就已经停当，无需进一步商量了。作为那笔现款的报答，癞蛤蟆收到一件印花布长袍、一条围裙、一块披巾和一顶赭黑色女帽。老太太提出的惟一条件是把她捆起来，堵上嘴，扔在角落里。她说这套把戏虽然不大可信，叫人疑心，但她将说得天花乱坠，可以保住她的饭碗。

癞蛤蟆对这个建议很高兴。这可以使他出狱颇有点气派，保持他天不怕地不怕和难以对付的声誉。他马上帮助狱卒的女儿，尽量把她的婶婶弄成她是在无能为力的处境中被捆住的样子。

"现在轮到你了，癞蛤蟆，"姑娘说，"脱掉你的上衣和西装背心吧，你已经够胖了。"

她哈哈笑得浑身摇晃，动手在他身上套上那件印花布长袍，把披巾照洗衣妇的样子给他披上，在他的下巴底下系上赭黑色女帽的

带子。

"你跟她简直是一个模子里出来的，"她咯咯地笑，"不过我可以断定，你一生中看上去从没有像现在那么可敬，连一半也没有，好，再见了，癞蛤蟆，祝你走运。一直顺着你来时的路走吧。如果有人对你说话，他们会说的，都是些男人嘛，你自然可以开玩笑回答一两句，不过要记住，你是一个寡妇，孤零零一个人活在人世上，会丧失名声。"

癞蛤蟆心中发抖，可是尽可能迈着坚定的脚步，小心翼翼地出发，去做这件看着是最轻率最危险的事情。不过他很快就感到又惊又喜，一路上竟是那么顺利，可是他想到，他受人欢迎和使人欢迎的性别是属于另一个人的，不禁又有点觉得自卑。洗衣妇的矮胖个子，再加上那件同样的印花布长裙，像是通过每一道铁栅门和阴森的进出口的通行证。甚至当他感到犹豫不决，拿不定主意向哪一边转弯时，下一道大门的守门人急着要去吃茶点，会大声地请他快点过去，别让他在那里等上一个通宵。遇到俏皮话他自然不得不迅速而有力地作出回答，这的确成了他的主要危险，因为癞蛤蟆是一只有强烈自尊心的动物，而俏皮话大都（在他看来）低级庸俗，完全缺乏幽默感。然而尽管十分困难，他还是忍住气，使他的反驳适合于对方和自己假扮的身份，尽量说得得体。

简直像过了许多个小时他才走过最后一个院子，拒绝了最后一个看守发出的恳切邀请，躲开门警伸出来的双臂。这门警用装出来的热情只要求给他一个告别的拥抱。可是他最后终于听到身后最外面一道大门上的边门咔嗒一声响，感觉到外面世界的新鲜空气吹到他焦急的脑门上，知道他已经自由了！

他这种大胆的冒险竟如此容易地取得成功，使他觉得昏头昏脑的，快步向着镇上的灯光走去，根本不知道接下来该怎么办，只有一点完全肯定，就是他必须尽快离开他不得不装扮的那位太太所居住的这一带地方，因为她在这里无人不知，名气很大。

他这样一边想着一边走，忽然注意到镇一边不远处有一些红绿灯光，还听到火车头的扑扑喷气声和货车厢转轨的哐当声。"啊哈！"他想，"真运气！这会儿火车站正是我最需要的，而且我不用穿过整个镇去找它，也不必用巧妙的回答来掩盖我这个丢脸的身份。我说的巧妙的回答虽然完全成功了，可是无益于一个人的自尊心。"

他于是一路上火车站去，查看了时刻表，看到一辆正好朝他家方向开的火车过半个钟头就开。"这就更运气了！"癞蛤蟆说。他的情绪很快地高涨起来，连忙到售票处去买车票。

他说出了火车站的名字，他知道这个火车站离癞蛤蟆庄园所在的村庄最近，然后机械地把他的手指伸到背心口袋去拿钱买票。可

是他根本忘了自己身上一直穿着那件神气的布裙，它挡住了他的手指，使他无计可施。他像做噩梦似的和这个可怕的怪物搏斗，它好像抓住了他的双手，他拼命肉搏，结果一事无成，而且一直被这怪物嘲笑。这时其他旅客在他后面站队，等得好不耐烦，作出种种多少有些价值的建议，说出多少有些道理的意见。最后……到底……也不明白是怎么回事……他一下子冲破了障碍，达到了目的，手伸到了应该是背心口袋所在的地方，却发现……不但没有钱，连装钱的口袋也没有，而且根本没有可以缝上个口袋的背心！

他大吃一惊，想起他把上衣和背心都留在那边牢房里了，和它们在一起的还有记事本、钱、钥匙、挂表、火柴、铅笔盒—— 一切使生活有意义的东西，正是这些东西使有许多口袋的动物，万物之灵，有别于单口袋或无口袋的下流家伙，这些家伙到处游荡，没有资本可以用来进行真正的竞争。

他难过地作绝望的努力，想装作若无其事的样子应付过去，摆出他过去的漂亮风度——老爷和大学学监的混合风度——说道："你听我说！我发觉我把我的钱包忘在家里了。就把那张票给我吧，行吗，我明天把钱送回来。我在这一带是大家都熟悉的。"

售票员盯着他和那顶赭黑色女帽看了一会儿，接着哈哈大笑。"我想你在这一带是大家都会熟悉的，"他说，"如果你常常这样行骗。

好了，请你离开窗口吧，太太，你挡住了其他的乘客！"

一位已经在他的背上戳了几下的老先生毫不客气，把他推开，但更糟的是称呼他做他的好太太，这件事比这晚上所有的事情更叫他生气。

他垂头丧气，眼前一片黑暗，茫茫然走到火车停着的站台，鼻子两边的眼泪滴落下来。他想，他已经要脱险和差不多看到家了，却由于少了几个该死的先令和售票员的斤斤计较和不信任而坏了事，实在叫人难以忍受。他逃走的事很快就会被发现，警察又要来追捕，把他捉住，臭骂一顿，拴上锁链，重新拉回牢里，又是面包和水加干草。看守他的人和处罚将加倍。噢，那姑娘会怎么样地讽刺他啊！怎么办呢？他的腿走不快，他的个子不幸又很容易被认出来，他不能钻到火车座位下面去吗？他看见过小学生，当他们把体贴的父母给他们的旅费派了其他更好的用处以后，正是采取这个办法的。当他正在这么苦苦思索的时候，已经来到火车头旁边，爱护火车头的司机正给它加油，揩拭，百般抚摸。这是一个强壮的人，一只手拿着油壶，一只手拿着一团棉纱。

"你好，大娘！"火车司机说，"出了什么事吗？你的样子看着不怎么快活。"

"噢，先生！"癞蛤蟆又一次哭起来说，"我是一个可怜的不幸洗衣妇，我把我的钱全丢了，没法买火车票，可是今天晚上怎么也得回家，我简直不知道怎么办好。噢，天啊，噢，天啊！"

"那倒实在糟糕，"火车司机听了以后想着说，"你把你的钱丢了……回不了家……我敢说，还有几个孩子等着你吧？"

"一大群，"癞蛤蟆抽抽搭搭地说，"他们要饿的……还要玩火柴……打翻油灯，那些不懂事的小不点儿……而且要争吵，总是争吵个没完。噢，天啊，噢，天啊！"

"那好，我来告诉你我怎么办吧，"好心的火车司机说，"你说你是个洗衣妇。那很好，就这样。我是一个火车司机，你可能看到了，不用否认，这是一件脏得要命的活。穿脏一大堆衣服，我老伴洗它们都洗得累坏了。如果你到家能给我洗几件衣服，洗好了送来给我，我可以让你坐我的火车头走。这样做是违反公司规定的，不过在这种偏僻地方，我们并不认真。"

当癞蛤蟆起劲地爬上火车头时，他已经转忧为喜。自然，他一生当中从来没有洗过一件衣服，即使想洗也不会洗，而且他也不打算去洗。可是他想："等我安全回到癞蛤蟆庄园，又有了钱，有了放钱的口袋，我将送给这位火车司机足够的钱，让他去付大笔的洗衣费，这反正也一样，或者更加好。"

列车员扬扬他那面通知开车的旗子，火车司机拉响汽笛快活地回答它，火车就离开火车站了。等到速度加快，癞蛤蟆可以看到他两旁都是真正的田野、树木、一排排矮树、牛、马，它们在他身边飞驰过去。这时他心里想，每一分钟他都在更接近癞蛤蟆庄园和亲爱的朋友，钱将在他的口袋里丁当丁当响，他又可以在软绵绵的床

上躺下来睡觉，吃到美味可口的东西，朋友们听他讲述他的遇险经历和超人聪明时会称赞他和崇拜他。他于是开始又蹦又跳，大声断断续续地唱歌，使火车司机大为吃惊，他以前偶尔也遇到过一些洗衣妇，可是从来没有碰到过一个像这样的。

　　他们走了许多许多英里，癞蛤蟆已经在想着一到家要吃点什么，可他忽然注意到火车司机脸上带着迷惑的表情，倚在火车头边上拼命地谛听。接着他看见他爬上煤堆，从火车顶上望出去，然后他下来对癞蛤蟆说："奇怪极了，我们这辆火车是今夜这条线的末班车，

然而我可以赌咒，我听到我们后面跟着一辆火车！"

癞蛤蟆马上停止他轻浮的滑稽动作。他一下子变得垂头丧气，脊椎骨下部连着腿的地方一阵隐痛，使他想要坐下来，尽力不去想种种可能发生的事。

这时候皓月当空，火车司机在煤堆上站稳了，从那上面可以看到后面铁路很远的地方。

他不久就叫起来："我现在看清楚了！是一辆火车，走在我们这铁轨上，飞快地开过来！看来像在追赶我们！"

悲哀的癞蛤蟆蜷缩在煤灰里，怀着渺茫的希望，拼命在想办法。

"他们快追上我们了！"火车司机叫道，"火车头挤满了一大群最古怪的人！那些人像古代的狱卒，挥舞着戟；警察戴着头盔，挥舞着警棍；一些衣衫褴褛的人戴着硬顶礼帽，即使离得这么远也能看出他们是便衣侦探，他们挥舞着手枪和木棍；所有的人挥舞着手里的东西，所有的人都叫着同一句话：'停车，停车，停车！'"

这时候癞蛤蟆在煤块之间跪下来，举起他握紧的双手哀求，哭叫着说："救救我吧，但求你救救我吧，亲爱的好心的火车司机先生，我对你坦白一切！我不是我看上去的那种普通洗衣妇！我没有孩子在等着我，不管是不懂事的或者什么的！我是一只癞蛤蟆——人人皆知、大名鼎鼎的癞蛤蟆先生，一个庄园主；我被我的敌人投入叫人恶心的地牢，我刚大胆而又聪明地逃了出来；万一那辆火车上的人重新捉住我，对我这只可怜、不幸、无辜的癞蛤蟆来说，又将是锁链、面包和水、干草和折磨了！"

火车司机低头狠狠地看着他说："现在你告诉我真话，你为什么被投进监狱？"

"没什么大不了的事，"可怜的癞蛤蟆脸涨成猪肝色说，"一辆汽车的主人去吃中饭，我只是借他们的汽车用了一下，这时候他们根本不用汽车。我实在没有偷汽车的意思，可是人们——特别是官府

——对这个无意的和高尚的行为却有这种过分的看法。"

火车司机严肃地说："我怕你真是一只坏癞蛤蟆，按理我应该把你送交你得罪了的法院。不过你显然又苦恼又悲伤，因此我不抛弃你。一来我不喜欢汽车，二来我在自己的火车上不愿听警察指手画脚。看见一只动物眼泪汪汪，我总觉得难受和心软。所以，你快活起来吧，癞蛤蟆！我尽我的力做，我们还能胜过他们！"

他们堆起更多的煤，使劲地铲。炉子隆隆地响，火星飞溅，火车头又是跳又是摇晃，可是追赶他们的人还是慢慢地赶上来了。火车司机叹了口气，用手里一把棉纱擦着脑门说："我怕没有用了，癞蛤蟆。你看他们空车开得快，他们的火车头也更好。现在我们只有一个办法，这要碰你惟一的运气了，因此我对你说的话，你要非常仔细地听着。我们前面不远有一条长隧道，过了隧道，铁路要经过一片很密的森林。好，过隧道的时候我开足马力，而别人穿过隧道自然是开得慢一点，以免出车祸。一过隧道我就关掉蒸汽，尽力刹车，这时候跳车比较安全，你必须马上跳下去，在他们穿过隧道出来看见你以前，你赶紧在森林里躲起来。这时我重新开足马力朝前奔，他们高兴的话可以追我，随便他们追多久，追多远。现在注意，准备好我一叫你就跳下去！"

他们堆起更多的煤，火车飞也似的钻进隧道，火车头向前直冲，轰隆轰隆地响，直到最后他们在隧道另一边冲出来，到了新鲜空气和平静月色当中，看到了铁路两边黑糊糊的救命森林。司机关掉蒸汽，刹住车，癞蛤蟆下到踏级上，等火车慢到跟人走路的速度差不多时，只听司机一声大叫："好，跳下去！"

癞蛤蟆往下一跳，滚下路基，站起来一点没有受伤，赶紧钻到森林，躲了起来。

他探头看出去，只见他那辆火车重新加快速度，在远处不见了。这时从隧道里冲出那辆追赶的火车头，又是咆哮，又是拉汽笛，它上面那群衣服五颜六色的人挥动着他们手里的各种各样的武器，哇哇大叫："停车！停车！停车！"等到他们过去，癞蛤蟆开怀大笑——自从被投入监狱以来，他还是第一次笑。

可是他很快就停止大笑，因为他一下子想到，现在已经很晚，天又黑又冷，他却是在一个陌生的森林里，没有钱也吃不上晚饭，离开家和朋友仍旧很远；刚听过火车的隆隆声和咯咯声，这死一般的寂静叫人毛骨悚然。他不敢离开隐蔽着他的树木，因此往森林里钻，只想离开他身后的铁路越远越好。

在牢墙里囚禁了那么多个礼拜，他现在觉得森林又古怪又有敌意，他想它是要开他的玩笑。欧夜鹰响起它们机械的咕咕声，使他

觉得森林里满是搜索他的狱卒，离他越来越近。一只猫头鹰无声无息地向他扑来，用它的翅膀扫了一下他的肩膀，使他吓得跳了起来，断定这是一只手；接着猫头鹰像飞蛾似的掠了过去，发出低沉的"呵！呵！呵"的笑声，癞蛤蟆觉得他无礼极了。有一回他碰到一只狐狸。狐狸停下来，用一种嘲笑的眼光把他上下打量，说："你好，洗衣妇！这个礼拜少了一只袜子和一个枕头套！小心点别再出这种事了！"接着狐狸窃笑着神气活现地走了。癞蛤蟆四下里看，想找块石头向狐狸扔过去，可是一块石头也没有找到，这件事比什么都使他气得厉害。最后他又冷，又饿，又筋疲力尽，找到一个树洞躲了进去，在那里尽力用树枝和枯叶勉强给自己做了一张舒服的床铺，在上面美美地一觉睡到大天亮。

9 流浪者

　　河鼠烦躁不安，他自己也说不准这是为什么。从各方面看，这时候还是盛夏的壮丽景色，虽然耕地上绿色已经让位给金黄色，虽然花楸果在发红，林子里东一撮西一撮黄褐色，然而光、热和色彩依然没有减少，根本没有正在消逝的一年会变冷的预兆。不过果园和矮树丛间一直听到的大合唱已经消失，只剩下几个还没有疲倦的歌手仍旧在随口唱他们黄昏的歌，而知更鸟又一次开始表现自己，总还是有一种变化和离别的感觉。杜鹃鸟自然早就不响了，可是许多其他长羽毛的朋友，几个月来一直是这里熟悉的景物和它的居民的一部分，如今也不见了，鸟类像在一天天不住地少下去。河鼠向来观察着鸟类的一切动向，看到它们每天在南移，甚至夜里躺在床上时，也觉得他能听到着急的翅膀服从不可抗拒的召唤，飞过他头顶上的黑夜，发出拍击声和扇动声。

　　大自然这家大饭店跟其他大饭店一样有它的季节。随着客人们一个接一个收拾行李，付账，离开，餐桌[1]旁的椅子每顿饭都遗憾地减少一些。一套套房间锁上门，地毯卷起，服务员被辞退。这时候，要住到第二年饭店重新住满的包膳宿[2]住客，看着所有这些迁移和告别，以及迁徙者们对远行计划、路线和新居的热烈讨论，还有朋友的日益减少，心情免不了会受到影响。他们会变得坐立不安，心灰意冷，想要吵架。他们会想，为什么要这样渴望变化呢？为什么不像我们那样安安静静地留在这里，快快活活地过日子呢？你们不知道旺季过后的这家饭店的样子，不知道我们，我们这些留下来把整个有趣的一年从年初一看到年卅晚的人是多么其乐无穷啊。一点不错，毫无疑问，其他人总是这样回答：我们十分羡慕你们……下一年也许可以照办……可如今我们约定了……汽车已经在门口等着……我们得动身了！于是他们笑笑，点点头离开，我们想念他们，感到不高兴。河鼠是一种自给自足的动物，扎根在一处土地上，不

1　原文为法语，table-d'hôte。

2　原文为法语，en pension。

管谁走了，他总会留下来；不过他还是忍不住要注意空中的动静，感觉到它对他心底里的一些影响。

所有这些迁移在继续，让人实在很难好好地定下心来。河鼠离开水边，这条小溪流得慢了，变得浅了，上面满是又密又高的灯心草。他向田野走，穿过一两片看着已经焦干、灰土飞扬的牧场草地，钻进广阔的麦海。麦子黄澄澄的，摆来摆去，喃喃响着，充满安静的微动和轻轻的细语。他经常喜欢上这儿来走走，穿过挺拔茁壮的麦秆林，在他头顶上，一路过去是它们自己的那个金色的天空——这个天空一直在跳动着，闪耀着，轻轻地诉说着，或者给经过的风吹得剧烈摇晃，摇晃一阵又欢笑着恢复原状。在这里他也有许多小朋友，他们本身就是一个完整的社会，过着充实和忙碌的生活，不过经常还有工夫跟他这位来访者谈两句，交换点消息。不过今天他们尽管十分客气，可是住在地里和麦秆丛里的田鼠看上去都很忙。许多田鼠在忙着挖掘和开地道，其他的一小群一小群地聚在一起研究小房间的图样，要它们符合要求和结实，坐落在仓库附近好方便

一些。他们还有一些把满是灰尘的箱子和衣服篮子拉出来，其他一些已经把手伸到里面在装他们的东西。四面八方都是一堆堆一捆捆的小麦、燕麦、大麦、山毛榉坚果和其他坚果，堆放在那里准备好运走。

"河鼠老兄来了！"他们一看见他就叫起来，"过来帮帮忙吧，河鼠，别闲着站在那里！"

"你们在玩什么把戏？"河鼠严肃地说，"你们知道，还没到考虑过冬的时候，早着呢！"

"对，这个我们知道，"一只田鼠脸上带着羞地说，"不过未雨绸缪总是不错的，对吗？趁那些可怕的机器在周围田野上嘎嘎嘎响起来以前，我们实在非把所有这些家具、行李和东西都运走不可。再说你也知道，如今好房子被占得太快了，一迟你就只好什么房子也得住，而且要大忙一通才能搬到它们里面去。当然，我们也知道我们是早了，不过我们仅仅开个头。"

"噢，讨厌的开头，"河鼠说，"今天天气呱呱叫。来吧，来划划船，或者在矮树旁散散步，或者到林子里去野餐什么的。"

"这个嘛，我想今天不行，谢谢你，"那只田鼠赶紧回答，"也许改一天……等我们有更多的……"

河鼠不以为然地哼了一声，转身要走，给一个帽盒绊了一下，跌倒在地，说了声不体面的话。

"要是能更小心点，"一只田鼠十分生硬地说，"看好路，就不会跌伤自己……忘记自己了。小心地上的手提包，河鼠！你还是找个地方坐下吧。过一两个钟头我们就可能有点空来陪你了。"

"我想你们不会像你说的那样有'空'的，快到圣诞节了。"河鼠生气地顶他说，动身走出了那块田地。

他有点垂头丧气地又回到他的河边——他那条忠实的、奔流不息的古老的河，它从来不会收拾行李离开，或者钻到洞里去过冬。

在河边的柳树上，他看到一只燕子蹲着。不久又来了第二只，接着又来了第三只。这几只燕子在他们的枝头上烦躁不安，认真地低声商量着。

"怎么，已经要走啦？"河鼠向他们走过去说，"急什么呀？我说这简直是可笑。"

"噢，我们还不走，如果你说的是这个意思的话，"第一只燕子说，"我们只是在做计划和安排事情。你知道，是先商量好——今年走哪条路线，在哪儿停下，等等。一半也是为着好玩！"

　　"好玩？"河鼠说，"也正是这一点我弄不懂。如果你们一定要离开这块可爱的地方、你们这些将要想念你们的朋友以及你们刚安顿好的舒适的家，那么，时间一到，我毫不怀疑你们就会勇敢地出发，面对一切困难和艰苦、变化和新的事物，同时装出你们并不觉得难过的样子。但是你们该到必要时才讲这件事，或者甚至想这件事啊……"

　　"不，你自然不会明白，"第二只燕子说，"首先我们感到心中不安，一种甜津津的不安感；接着回忆像归家的鸽子似的一个接一个回到心里来。它们夜间在我们的梦中振翅，白天和我们一起飞翔。我们急于互相探问，交换意见，使自己断定这些全是真的，这时各种香味、声音、久已忘记的地名渐渐地一一回来，并召唤我们。"

"难道你们就不能今年在这里留下一年吗？"河鼠渴望着提议说，"我们将尽力使你们觉得像在家里一样。你们可想不出你们远走高飞以后，我们在这里过得有多快活啊。"

"我曾经打算过'留下'一年，"第三只燕子说，"我对这个地方渐渐变得那么喜欢，当走的时候到了，我犹豫起来，没有离开，让别的燕子飞走了。开头几个礼拜挺不错，可是接下来，噢，夜长得多可怕呀！还有那些叫人冷得发抖的没有太阳的白天！天气是那么湿冷，哪里都找不到一条虫子！不行，我泄气了，在一个暴风雨的寒夜，我飞走了，乘着强劲的东风飞到内地去。我经过那些高山的山口时，雪下得厉害，我苦苦挣扎着才飞了过去。我永远忘不了当我向我底下那个湖，那么蓝、那么平静的湖疾飞下去时，当温暖的阳光又晒在我的背上时是多么快活，吃到第一条肥虫子时是多么好吃！过去了的事情像个噩梦，而未来是快活的节日，我一个礼拜又一个礼拜地向南方飞去，轻快，懒洋洋，一路上只要我敢就可以随便逗留多少日子，不过我一直听从着那召唤！不，我自己有过教训了，我永远不会再想违背它。"

"啊，一点不错，南方的召唤，南方的！"另外两只燕子像做梦似的叽叽喳喳说，"它的歌声，它的色彩，它光辉的灿烂的天空！噢，你还记得吗……"他们忘掉了在场的河鼠，沉浸在热烈的回忆之中，而河鼠听得入了迷，心在燃烧。他内心也知道，他的心弦一直静止不动，如今终于颤动起来了。仅仅这些只想着南方的鸟儿的叽叽喳喳，他们这些褪了色的间接叙述就足以唤醒这种狂热的新感觉，一再地刺激他，那么，一下子接触到真实的东西——一下子碰到真实的南方的温暖太阳，闻到真实的香气，那又会怎样呢？他闭着眼睛大胆地纵情梦想了一会儿，等到他张开眼睛重新看时，那条河显得寒冷刺骨，绿色的田野变得灰暗无光。这时候他忠诚的心好像要大声斥责他本性中软弱的一面在背叛。

"那么你们到底为什么又回来呢？"他妒忌地问燕子们说，"在这个可怜的单调乏味的小地方，你们又觉得有什么东西可以吸引你们呢？"

"到了另一个季节，你以为那另一个召唤不也是冲着我们的吗？"第一只燕子说，"那召唤来自草原上茂盛的青草、潮湿的果园、虫子密集的温暖池塘，来自吃草的牛群、翻晒的干草、环绕着一所有十全十美的屋檐的宅邸的一圈农舍。"

"你以为，"第二只燕子问道，"只有你一只生物渴望着重新听到杜鹃鸟的歌声吗？"

"到了时候，"第三只燕子说，"我们又要思家，想念着在英国一条小溪的水面上晃动的睡莲。不过所有这些今天看去又苍白又淡薄，而且离得非常远。这会儿我们的血正合着别的音乐在跃动。"

他们又一次相互叽叽喳喳地说话，这一次他们是如醉如痴地叽叽喳喳谈着紫色的大海、深黄色的沙地和爬满蜥蜴的墙壁。

河鼠又一次心神不定地走开，爬上河北边的缓坡，趴下来眺望着挡住他继续向南看去的视线的丘陵大草原——在这以前，那里是他的地平线，他的月亮群山，他的界限，超过这个界限，他本来什么也不想看，什么也不想知道。可是今天，在他心中产生了一种从未有过的新的渴望，要向南方看，丘陵绵长低矮的轮廓上面的明朗天空好像悸动着一个指望：今天想到的只是那些看不见的东西，而生活的真正意义只是那些不知道的东西。山这边如今是一片真正的空白，而山那边是美不胜收、五彩缤纷的风景，他心灵的眼睛好像已经把它看得清清楚楚。那边有何等浩阔的大海啊，碧绿、波动和浪头高耸！那边有何等好的沐浴着阳光的海岸啊，沿着海岸，白色的小屋在橄榄林中闪闪发光！那边有何等安静的海湾啊，停满了豪华的船只，它们要驶往出产美酒和香料的紫蓝色岛屿，嵌在平静大海中的岛屿！

他爬起来再一次向河边走，但他接着改变主意，到尘土飞扬的路旁去。到了那里，他深藏着躺在路边凉快的浓密矮树丛里，从这地方他可以冥想那碎石铺的大路和它通到的整个美妙世界；还可以冥想那些可能走过这条大路的旅行者，以及他们去寻觅的，或者不寻觅就找到的幸福和冒险生活……在那儿，在那边……在那边！

他听到了脚步声，一个走得有点疲惫的身影进入了他的眼帘。他看到那是一只老鼠，一只浑身都是灰尘的老鼠。那旅行者经过他身边时，举手行了一个有点外乡样子的礼……犹豫了一下……接着愉快地微笑着从路上转弯过来，坐到他身边凉快的矮树丛里。他看上去很累，河鼠让他休息，不问他什么话，理解他的心情，知道所有的动物有时只珍视无言的陪伴。

旅行者瘦而面貌清秀，双肩微耸，爪子细长，眼角布满皱纹，挺拔的耳朵上戴着小小的金耳环。他的毛线衫是蓝色的，褪了色。他的裤子也是蓝色的，打着补丁，满是污渍，他随身带的一点点东西就是一个蓝布包袱。

休息了一会儿以后，这只外来老鼠叹了一声，吸吸空气，朝四周看看。

"那是三叶草，微风中是它暖烘烘的香气，"他说，"那些是牛，在我们后面吃着草，吃口草还轻轻喷口气的。那是远处收割机的声音。

林子那边升起了农舍蓝色的袅袅炊烟。附近有河流过，因为我听到雌的红松鸡的叫唤声。从你的样子，我也可以看出你是一位内河的水手。一切好像是静止的，然而它们一直在活动。你过的是一种不错的生活，朋友；这无疑是世界上最好的生活，只要你能足够坚强地过下去！"

"对，这就是生活，唯一值得过的生活。"河鼠像做梦似的回答，缺少他平时那种由衷的信念。

"我不完全是那个意思，"外地来的老鼠小心地回答说，"不过无疑这是最好的生活。我曾尝试过这种生活，因此我知道。正因为我曾尝试——这种生活过了六个月，因此我知道它是最好的。可是你瞧我，脚又疼，肚子又饿，却一步步离开它，一步步向南走，跟随着那古老的召唤，回到老的生活去，那是我的生活，它不肯放开我。"

"那么，你又是他们当中的一个？"河鼠沉思着，"你刚从哪里来？"河鼠不敢问他要上哪里去，这个答案他好像知道得太清楚了。

"一座很好的小农场，"旅行者简单地回答了一声，"在那边，"他把头向北方点了点，"别提它了。我要的东西我全都有，我在生活中只要有权想要的东西我全都有，而且比想的更多；可我来到了这里！我还是高兴来到这里，很高兴来到这里！在路上走了那么多里路，离我心中向往的地方又近了那么多小时！"

他闪亮的眼睛紧紧盯着地平线看，他好像在谛听着什么召唤的声音，它是内地所没有的，这噪音和牧场农场的愉快音乐也不同。

"你不是我们当中的一员，"河鼠说，"也不是一个农夫，依我看，你甚至也不是这个国家的。"

"一点不错，"外来的老鼠回答说，"我是一只海鼠，我原先来的海港是君士坦丁堡，不过说起来，我在那里也是一只洋老鼠。你一定听说过君士坦丁堡¹吧，朋友？那是一个漂亮的城市，而且是一个光辉的古城。你也许还听说过挪威国王西古尔德吧，知道他怎样率领六十艘船驶到那里，他和他的随从怎样骑马穿过张着紫色和金色天篷欢迎他的一条条街道，皇帝和皇后又怎样登上他的船赴宴。当西古尔德回国时，他带来的许多挪威人留了下来，担任了皇帝的卫士，而我的先祖出生在挪威，也和西古尔德送给皇帝的一艘船一起留了下来。我们是海鼠，曾以航海为生，这是没有什么可奇怪的。对我来说，从君士坦丁堡直到伦敦的任何一个可爱海港，都和我出生的城市一样是我的家。这些海港我都熟悉，它们也都熟悉我。随便在其中任何一个码头或者海滩停下来，我又等于回到家了。"

"我想你航过许多次海，"河鼠越听越有兴趣，说道，"几个月又几个月看不见陆地，粮食不够了，淡水也得分配，而你的心和强大的海洋联在一起，是这样吗？"

"根本不是，"海鼠坦率地说，"你所描绘的这种生活根本不合我的口味。我是做沿岸买卖的，难得会看不见陆地。和所有航海的人一样，我爱的是在海岸上的快活时刻。噢，那些南方海岸啊！它们的气味，夜里的锚位灯火，那种辉煌景色！"

"嗯，也许你选了一种更好的生活，"河鼠说，不过心中十分怀疑，"那么给我讲点你在海岸航行的事情吧，如果你愿意的话，一只有志气的老鼠能希望从中得到点什么收获可以带回家，以便日后在炉边因回想那些勇敢的往事而感到温暖呢？至于我的生活，我向你坦白承认，我今天觉得有点狭窄，给圈在一个小天地里了。"

"我最后的一次航行，"海鼠开始说，"是希望在内地务农，我终于在这个国家登了陆。这次航行可以作为我任何一次航行的范例，说实在的，可以作为我绚丽生活的缩影。一切照例是家庭烦恼开的头。当家庭掀起风暴以后，我登上一艘从君士坦丁堡[1]开出的小商船，它飘过一些大名鼎鼎的海，每个巨浪都叫你终生难忘，船要开到希腊群岛和地中海东部各国去。都是些阳光明媚的白天和温暖的夜晚！一直是进港湾出港湾……到处是老朋友……白天炎热，睡到一些凉爽的庙里或者废弃了的水池里……太阳下去以后，在天鹅绒般的空中嵌着的巨星底下欢宴唱歌！接着我们掉头停泊到亚得里亚海岸，它的海岸沉浸在琥珀色、玫瑰色和青色之中。我们停泊在被陆地环绕的宽阔海港里，我们漫步走过宏伟的古城，直到最后有一个早晨，当太阳在我们身后庄严地升起时，我们沿着金色的水路开进威尼斯。噢，威尼斯是一个美丽的城市，在那里一只老鼠可以任意溜达取乐！

---

1 君士坦丁堡是土耳其西北部港口城市伊斯坦布尔的旧称。

或者，等到溜达累了，晚上可以坐在大运河岸边跟朋友们一起开怀痛饮，这时候空气中充满音乐，天上满是繁星，灯光在摇晃的贡多拉[1]擦得锃亮的包钢船头上闪烁，贡多拉一艘接一艘泊在一起，你可以踏着它们从运河这边走到运河那边！说到吃的……你爱吃水生贝壳类动物吗？好了，好了，我们现在不谈这个。"

他沉默了一会儿。河鼠也沉默着，入了迷，漂浮在梦幻的运河上，倾听着在空想出来的海浪拍打着的灰墙间高高响起的幻想的歌。

"我们最后又重新向南走，"海鼠说下去，"沿着意大利的海岸

继续航行，末了儿来到巴勒莫，在那儿我离开了船，在岸上快快活活地过了很长一段时间。在一只船上我从来不逗留得太久，那样会变得心胸狭窄和存有偏见的。再说西西里岛是我最快活的猎场之一。在那儿我认识所有的人，他们的生活方式正合我的心意。我在这个岛上快快活活地过了许多个礼拜，和内地的朋友们一起过。等到又闲不住了，我乘上了一艘开往撒丁岛和科西嘉岛做买卖的船。我很高兴又一次感觉到新鲜的微风吹来，浪花溅到我的脸上。"

"不过那儿不是很热很闷吗，在那……货舱，我想你是这样叫它的吧？"河鼠问道。

海鼠怀疑地看着他，眨了一下眼睛。"我是个老船员，"他直截了当地说，"船长舱对我来说够好的。"

"不管怎么说，这是艰苦的生活。"河鼠陷入沉思。

"对于水手们来说倒是的。"海鼠一本正经地回答，又神秘地眨了眨眼睛。

"从科西嘉岛，"他说下去，"我乘上运酒到大陆的一艘船。傍晚我们来到阿拉西奥，停了船，而那些酒桶被搬出来，扔到水里，用一根长绳子一个一个捆在一起。接着水手上小船，向岸边划去，一

1　贡多拉，也译凤尾船，是意大利水城威尼斯有名的一种狭长的平底船。

路上唱着歌，后面拖着那一长串一跳一跳的酒桶，像一英里长的海豚。沙滩上一些马在等着，它们哒哒哒地奔跑起来，把这一长串酒桶拉上小镇陡峭的街道。等到最后一个酒桶运好，我们就去休息。和我们的朋友喝酒，一直坐到深夜，第二天早晨我上大橄榄林去休息。这时我对岛屿已经厌烦，海港和航行已经足够，因此我在农民当中过懒散的生活，躺在那里看他们工作，或者伸开四肢躺在高高的山边，蓝色的地中海远远地在我底下展开。接下来我又是步行，又是坐船，从从容容地来到法国的马赛，会会船上的老伙计，参观参观出远洋的大轮船，又是人吃人喝。又要讲到水生贝壳类动物了！真是的，有时候我做梦也看见马赛的牡蛎之类，我会哭着醒过来！"

"这使我想起，"彬彬有礼的河鼠说，"你刚才提到你饿了，我早就该问这句话。你一定可以停下来和我一起吃顿中饭吧？我的洞离这儿不远，现在已经过了中午，很欢迎你去随便吃点东西。"

"我说你真是好心极了，跟兄弟一样，"海鼠说，"我坐下来的时候确实已经饿了，自从我无心地讲到水生贝壳类动物，我的胃就饿得痛极了。不过你不能把中饭拿到这里外面来吃吗？不到万不得已的时候，我不大高兴到船舱底下去。然后我们一面吃，我一面告诉你更多关于我航海的事和我过的快乐生活……至少这对我来说是件非常愉快的事，而我看你也很爱听。要是我们到室内去，百分之九十九我会马上就睡着的。"

"这确实是个绝妙主意。"河鼠说着，急忙回家去。一到家他就拿出饭篮，放进一点简单的食物。他想起了外地老鼠的出身和偏爱，小心地在食篮里放进一码长的法国长面包、一条大蒜香味四溢的香肠、一些诱人的干酪、一个用干草包住的长颈瓶，里面装有贮藏在南边斜坡的美酒。等到饭篮装好，他尽力飞快地跑回来。他们一起打开篮子，把里面的东西都拿出来放在路边的草地上。河鼠听到老海员夸奖他的口味，高兴得脸都红了。

海鼠一等自己的饥饿感稍微刹住，就接下去讲他最后一次航行的经历，把他这位单纯的听客带到西班牙的一个港口又一个港口，还让他在里斯本、波尔图[1]和波尔多[2]上岸，领他到可爱的海港康沃尔和德文[3]，溯英吉利海峡到那最后一个码头。经过长时间的逆风、恶浪和坏天气，他在那儿上了岸，在那儿得到了另一个春天的第一个神奇的暗示和预报，被它激动起来，他急匆匆地走长路去内地，渴望体验远离任何海浪的不断冲击的一种安静的田园生活。

1　里斯本、波尔图，葡萄牙城市。

2　波尔多，法国城市。

3　康沃尔、德文，英国城市。

　　河鼠听入了迷，兴奋得浑身发抖，跟着这冒险家一里路又一里路，越过暴风雨的海湾，穿过熙熙攘攘的街道，跨过水流湍急的沙洲，逆流而上弯弯曲曲的河，猛一拐弯就看到了河所隐藏着的繁忙小镇。但最后河鼠觉得遗憾地叹了口气，离开了他，让他在他那个乏味的内地农场里定居下来，关于这农场，河鼠可一点儿也不想听。

　　这时候他们那顿饭已经吃完，海鼠重又精神起来，有了力气，声音更加响亮，眼睛发出光，像远方的灯塔一样亮。他在玻璃杯里斟进南方的红里透亮的葡萄酒，向河鼠靠过来，说话时迫使他全神贯注，把他的身心都控制住了。他的眼睛是汹涌的北方大海变幻着的浪花的灰绿色，玻璃杯里闪耀着一颗火热的红宝石，它好像就是南方的心，正为他有勇气和它共脉搏而跳动着。这两种光，变幻的灰绿色和不变的红宝石色，左右着河鼠，禁锢着他，使他呆住，无能为力。它们的光线以外的平静世界渐渐远去，不复存在。而说话声，奇妙的话语在继续汹汹不绝——它只是说话声吗，或者有时候变成了歌声呢——水手升起水淋淋的铁锚时的劳动号子，桅杆左右支索在猛烈的东北大风中的哼哼声，太阳下去时在杏黄色天空下拉网的渔人的渔歌，从贡多拉或者帆船传来的吉他和曼德琳的琴弦声？或者它变成了风的呼号，先是哀怨，后来它加强了成为怒号，高上去成为尖厉的呼啸，低下来成为风吹帆沿的悦耳籁籁声？入迷的谛听者好像听到了所有这些声音，同时还有海鸥饥饿的叫声、波浪汹涌的轻轻轰隆声、海滩圆卵石的嚓嚓声。这些声音又复原为说话声，他的心扑扑地跳着，跟随着海鼠到十几个海港去冒险，打架，逃走，卷土重来，有友谊，有英雄业绩；或者他在海岛上觅宝，在静止的环礁湖里捉鱼，在暖和的白沙上打一天盹。他听到讲深海捕鱼，一英里长的渔网网起巨大的银色鱼群；他听到讲突然发生的危险，没有月亮的黑夜里激浪的喧闹声，或者雾中在头顶上忽然出现巨轮的高大船头；他听到讲快乐的归家情景，海岬环绕，见到了海湾的灯火；码头上人群隐约可见，传来快活的呼唤声，船缆下水的泼剌声；费劲地步上陡峭的小街，向窗户上红窗帘后面使人感到舒适的灯光走去。

最后，在他的白日梦中，他好像感觉到那位探险家已经站起来，不过还在讲着，还在用他的海灰色两眼逼视着他。

"好了，"他轻轻地说，"我又要上路了，继续向南走，走漫长的风尘仆仆的一天又一天，直到最后走到我熟悉的那个灰色的海边小镇，它在海港一个陡坡上。在那里，从黑暗的门口看下去是一段段石梯级，悬挂着一大簇一大簇粉红色的缬草，直通到一片闪烁的蓝色海水那里。拴在古老石墙上的铁环和柱子上的小船漆得十分鲜艳，就像我小时候爬进爬出的那些小船一样；鲑鱼在涨起的潮上跳跃，一群群鲭鱼闪动和嬉戏着游过码头和岸坡；巨大的船只日夜漂过窗口，或者是开向它们的停泊处，或者是开出大海。在那里，所有航海国家的船只早晚开来；在那里，到了一定时刻，我选中的船就要启锚开航。我要从容进行，我要停留等候，直到最后我所正要找的那只船停在那里等着我，它被绞船索拴到中流，货物装得满满的，船压得低低的，它的第一斜桅对着港口，我将坐小船或者沿着粗缆上船，然后一天早晨醒来，我听到了水手们的歌声和脚步声，绞盘的咔咔声，快活地收起的船锚铁链的嘎嘎声。我们将挂起船头的三角帆和船桅帆，当船开动时，港边的白色房子将在我们身边慢慢地漂过，于是航行开始了！当船很快地向着海岬开去时，它将罩上帆布。然后一到外面，一望无际的绿色大海噼噼啪啪地拍打着船，船给风吹得船身侧着，直向南方开去！

"还有你，你也要来的，小兄弟；因为日子一天天过去，永不回头，而南方却还一直在等着你。冒险吧，跟着召唤走吧，时不再来！这不过是出去时把门砰的一声关上，只要向前走快活的一步，你就走出了旧生活而进入新生活了！然后有一天，很久以后将有一天，等到酒杯已经喝干了，戏已经收场了，你高兴的话就漫步回到这里来，在你安静的河边坐下，有一大堆美好的回忆和你做伴。你可以轻易就在路上追过我，因为你年轻，而我上岁数了，走得慢了。我一定慢慢地走，并且回头看。最后我断定会看到你跟上来，又急又愉快，脸上只露出去南方的要求！"

说话声轻下去，没有了，就像一只昆虫的轻微的唧唧声很快地轻下来而变为寂静。河鼠发呆地看着，最后只看见白色路面上远远那么一小点。

河鼠机械地站起来，动手小心翼翼、不慌不忙地把东西重新装到饭篮里。他机械地回到家，归拢了一些他喜欢的小用品和特别的宝贝，把它们放在一个背包里。他慢慢地思索着，在房间里走来走去像个梦游者，还不断地张开嘴谛听。他把背包扔到肩上，仔细地选了一根粗棍子作为走远路之用，接着不慌不忙，然而毫不迟疑地跨过门坎，正好这时候，鼹鼠出现在门口。

"怎么，你这是上哪儿去呀，河鼠？"鼹鼠一把抓住他的胳臂，万分惊讶地问他。

"上南方去，跟大家一起上南方去，"河鼠看也不看他，像说梦话似的自言自语咕哝说，"先上海边，然后上船，然后到正在呼唤着我的海岸去！"

他坚定地向前走，依然不慌不忙，不过目的明确。可是鼹鼠这会儿吓坏了，挡在他前面，盯住他的眼睛看，看到这双眼睛闪闪发亮，一动不动，变成一种变幻不定的灰色——这不是他那位朋友的眼睛，而是另一只动物的眼睛！他狠狠地抓住他，把他拽回屋里，扔在地上，按住他。

　　河鼠拼命地挣扎了一会儿，接着好像一下子没有了力气，躺着一动不动，精疲力竭，双目紧闭，浑身哆嗦。鼹鼠马上扶他站起来，让他坐到一把椅子上。河鼠瘫坐在那里，缩成一团，身体剧烈地颤抖，很快就歇斯底里地干哭起来。鼹鼠关紧房门，把那个背包扔进一个抽屉锁上，然后安静地坐在桌子上，坐在他朋友身边，等候这场奇

怪的发作过去。河鼠渐渐地沉入不安的睡梦中，不断惊颤，发出模糊的话语，对于没开窍的鼹鼠来说，这些话又奇怪，又杂乱，又陌生。接着河鼠沉沉地睡熟了。

鼹鼠心中十分着急，离开他一会儿，忙着去料理家务。等他回到客厅，天已经黑下来，他看见河鼠在他离开时的原来地方，完全醒了，可是一动不动、一声不响、垂头丧气。鼹鼠匆匆地看了一下他的眼睛，不由得感到十分高兴，这双眼睛又像原先那样清晰和恢复深褐色了。接着鼹鼠坐下，打算使他快活起来，帮助他说出他刚才到底发生了什么事情。

可怜的河鼠尽力一点一点地要把事情解释清楚，可本来就大都是暗示性的东西，他怎么能用冷冰冰的语句说出来呢？萦绕在心中的大海之歌，怎么能想出来告诉别人，海鼠那成百个回忆的魅力，又怎么能重现呢？甚至对他自己来说，如今禁咒打破了，魅力消失了，几小时前像是必不可免和惟一的事情，如今他也觉得很难说出来了。这毫不奇怪，他这一天的经历没有办法跟鼹鼠说清楚。

对于鼹鼠来说，有一点却是显然的：一场发作，或者说一场侵袭，已经过去了，河鼠又康复过来，虽然还留下反应，即那种垂头丧气。河鼠这时对日常生活中的事物、未来日子预示的一切快乐和季节变换必然带来的变化，似乎失去了一切兴趣。

于是鼹鼠故作冷淡地把话题转到其他方面：正在收割的庄稼，堆得像塔似的大车和使劲拉车的马，越来越多的草垛，升起在布满麦捆的田地上空的庞大月亮。他讲到四周变红的苹果，讲到在变成棕色的榛子，讲到果酱、蜜饯和酿造甜酒，渐渐又自然而然地谈到仲冬的乐事和在家里过的温暖生活，说到这里，他说得简直抒情极了。

河鼠也慢慢开始坐起来插话。他呆滞的眼睛渐渐亮堂起来，无精打采的神气好一点了。

巧妙的鼹鼠很快溜开，拿着一支铅笔和几张只有半张的纸回来，把它们放在桌子上，放在他朋友的胳臂肘旁边。

"你有很久没写诗了，"他说，"你今天晚上可以试一下，这总比……对，比这样胡思乱想好得多。我认为你会觉得好一点的，只要你写下点什么……只要你押几个韵。"

河鼠厌烦地把纸推开，可是考虑周到的鼹鼠找了个借口离开房间。当他过了一会儿重新偷看的时候，河鼠已经专心致志，两耳不闻天下事，一会儿写，一会儿吮他的铅笔头。说实在的，他吮铅笔头比写字的时候多得多，不过鼹鼠高兴的是，他的药方到底开始见效了。

10　癞蛤蟆继续历险

　　树洞口向着东方，因此癞蛤蟆一大清早就醒过来了。部分由于明亮的阳光射进来落在他身上，部分由于他的脚趾冷了。这后一个原因使他梦见自己在一个寒冬的夜里躺在他那有都铎式窗子的漂亮房间的床上，他的睡衣已经起床，叽咕着抱怨说这么冷它再也受不了了，已经跑下楼要到厨房去烤火。他光着脚在后面追，跑过几英里几英里的冰冷石头地过道，又劝又求，要它理智一点。如果不是他好几个礼拜睡在石地板的干草上，几乎忘记了厚毯子拉到下巴的那种舒服味道，他醒来大概会晚得多。

　　他坐起来，先是擦他的两只眼睛，接着是擦他那十个在抱怨的脚趾，把头转来转去寻找熟悉的石墙和装有铁栏杆的小窗子，好一会儿奇怪他这是在什么地方。接着他的心猛地一跳，他想起了所有的事——他的越狱，他的逃走，对他的追捕。他想起了——这是最要紧和最好的——他自由了！

自由！光这个字眼和想到这件事就抵得上五十条毯子。他一想到外面那个快乐的世界就感到浑身温暖。那个世界正在急着等他凯旋，准备好招待他和讨好他，急着要帮助他和陪伴他，好像在他倒霉以前的旧日子里那样。他抖抖身体，用手指头抓掉头上的干叶子。等他梳妆完毕，他大踏步走进舒服的早晨阳光里，虽然冷，但是信心十足，虽然肚子饿，但是充满希望。所有昨天那些紧张的恐怖感，由于休息过了，睡过觉了，晒着明朗和鼓舞人的阳光而一去不复返了。

在这个夏日的清晨，他拥有了整个世界。洒着露水的林中土地又冷落又寂静，绿色的田野也只属于他一个人所有。他感到高兴，来到了大路，大路本身跟四处一样孤独，像只迷路的狗一样在急着找伙伴。然而癞蛤蟆要找的是一样会说话的东西，能明白地告诉他该朝哪一边走。一个人心情轻松，问心无愧，口袋里有钱，没有人到处追捕你，要把你重新捉进监牢，那就真是太好了。可如今癞蛤蟆实在有所谓得很，每一分钟对他都无比重要，大路却一声不响，不能帮他一点忙，他简直要踢它。

这条沉默的乡间大路很快就和它腼腆的运河小弟弟合在一起，

运河拉住大路的手，充分信任地从容地走在它的身边，但也是舌头打结，对陌生人一句话不说。"这两条该死的路！"癞蛤蟆心里说，"不过有一点还是清楚的。它们两个都一定从什么地方来，要上什么地方去。没办法啊，癞蛤蟆，我的乖乖！"于是他耐心地在河边大步走。

在运河拐弯的地方，有一匹孤单的马一步一步地走来，低着头，像是有什么沉重的心事。那匹马颈圈的挽绳连着一根长绳子，绷得很紧，但是随着它的步子一沉一沉，绳子的另一头淌着水珠。癞蛤蟆让马走过，站在那里等着看命运会给他送来什么。

一艘大木船在他身边过去，平钝的船头在静静的水上划出一个好看的旋涡，漆得很鲜艳的船沿平着拉纤的路。船上只有一个大胖女人，戴一顶麻布的遮阳女帽，一只结实的胳臂靠在舵柄上。

"一个美丽的早晨，太太！"当她和癞蛤蟆平行的时候，她对癞蛤蟆打招呼说。

"我敢说是的，太太！"癞蛤蟆沿着拉纤路和她并排走，彬彬有礼地回答说，"对于一个不像我那样有心事的人，我敢说这是一个美丽的早晨。可我出嫁的女儿寄来了快信，要我马上上她那儿去，于是我就出来了，也不知道出了什么事或者将要出什么事，就怕出了最坏的事。如果你也是一个母亲，太太，你是会明白的。我只好把我的事情丢下不管——你一定能看出来，太太，我是洗衣服的——

我只好把我的孩子们也丢下不管，可没有比我这些小鬼更顽皮更捣蛋的了，太太。可我丢掉了所有的钱，还迷了路，至于我那出嫁了的女儿会出什么事情，唉，我真是想也不敢想啊，太太！"

"你那位出嫁的女儿住在哪儿呢，太太？"船上的女人问。

"住在靠近河的地方，太太，"癞蛤蟆回答说，"靠近一座漂亮的房子，叫癞蛤蟆庄园的，它就在附近什么地方。也许你听说过它吧？"

"癞蛤蟆庄园？哈，我自己也正要上那儿去，"船上的女人回答说，"再下去几英里，在癞蛤蟆庄园不到的地方，这条运河和一条河要汇合起来，从那里过去就好走了。你来和我一起坐船吧，我可以顺便带你去。"

她把船紧靠到岸边停泊下来，癞蛤蟆谦虚地感谢过她，轻轻地上了船，心满意足地坐下。"又是我癞蛤蟆的运气！"他想，"我总是逢凶化吉，遇难呈祥！"

"依你这么说，你是洗衣服的，太太，"他们一路漂走时，船上的女人很有礼貌地说，"如果我不是说得太放肆的话，我敢说你干的这一行好极了。"

"是全国最好的，"癞蛤蟆神气地说，"所有的绅士们都上我这儿来——倒贴他们钱也不上别人那儿去，他们对我太有数了。你知道，我对我的这个行当十分内行，全都亲自过问。洗、熨，上浆，给绅士们准备漂亮衬衫让他们晚上穿……一切全由我亲眼看着做！"

"不过你一定不会一切事情都自己动手吧，太太？"船上的女人恭敬地问道。

"噢，我用了些姑娘，"癞蛤蟆轻松地说，"二十个左右，一直在干活。你知道她们是些怎样的姑娘啊，太太！淘气的笨姑娘，我是这么叫她们的！"

"我也这么叫她们，"船上的女人十分同意他的话说，"不过我敢说，你一定把这些懒姑娘管得好好的！你非常喜欢洗衣服吧？"

"喜欢，"癞蛤蟆说，"我简直喜欢得发疯。没有比把双手放在洗衣槽里更使我快活的了！而且我觉得这活儿太容易！一点不麻烦！我向你保证，这是真正的欢乐，太太！"

"碰到你多么幸运啊！"船上的女人动着脑筋说，"对于我们两个都真是莫大的幸运！"

"你这话是什么意思？"癞蛤蟆紧张地问。

"你瞧我，"船上的女人回答说，"我也喜欢洗衣服，就跟你一样，但不管我愿意不愿意，这种事我都得做，自然也就走到哪里洗到哪里。再说我的丈夫，他是这么个家伙，逃避他的工作，把这只船交给我，这一来，我没有一点儿工夫做我自己的事了。照说他现在应该在这里，或者掌舵，或者照顾那匹马，虽然很幸运，这匹马有足够的脑筋自己照顾自己。这些事我丈夫却都丢下不做，只带着一只狗走了，要看看他们能不能在什么地方捡到只兔子回来做晚饭吃。他说他在下一个船闸可以追上我。自然，不管怎么说……只要他带着狗出去，我就不相信他，那狗比他还坏。不过这会儿我怎么能洗我的衣服呢？"

"噢，别去想洗衣服的事吧，"癞蛤蟆说，他实在不喜欢这个话题，"试试看一门心思去想那只兔子。我断定是只又肥又嫩的好兔子。有洋葱吗？"

"除了我的衣服，我什么东西都不能一门心思地去想，"船上的女人说，"我倒奇怪你想起兔子来会觉得那么快活。你在船舱角落可以找到我的一大堆衣服。如果你拿出一两件最需要洗的——我不敢向你这样一位太太多说什么，反正你一眼就认出哪几件最需要洗——在我们这一路上把它们放进洗衣槽，你刚才说得再对也没有了，这将是你的一大乐事，却又真正帮了我的大忙。你在手边就可以找到一个洗衣槽，还有肥皂，一个水壶炖在灶上，有一个水桶可以从河上打水。那么我就知道你将自得其乐，不用无聊地坐在这里看风景和大打哈欠了。"

"这样吧，你让我掌舵！"癞蛤蟆说，这一回他真吓坏了，"那么你就可以照你的办法去洗你那些东西。我会把你的东西洗坏的，或者洗得不称你的心。我更习惯洗男人的衣服。那是我的专长。"

　　"让你掌舵？"船上的女人哈哈大笑着回答，"要把一只船驾驶好，那可得有点经验。再说这活儿很乏味，我却希望你快活。不，你还是干你喜欢的洗衣服活儿，我管我继续做我熟悉的掌舵工作吧。你可别想使我失去一次请客让你洗衣服的快活！"

　　癞蛤蟆简直走投无路。他要找个什么办法逃走，可是他看到，要跳上岸吧，岸又离得太远，于是他绷着脸只好听天由命。"既然到了这步田地，"他绝望地想，"我想任何一个傻瓜都会洗衣服的！"

　　他从船舱拿出洗衣槽、肥皂和其他用品，随便挑了几件衣服，尽力回想他过去从洗衣房窗口无意中看到的样子，动手照着干。

　　漫长的半个钟头过去了，每一分钟都可以看到癞蛤蟆越来越恼火。他对衣服花力气所干的事情，看来没有一样能使它们高兴或者对它们有好处。他尝试哄它们，他尝试拍它们，他尝试狠击它们；它们却从洗衣槽向他微笑，依然老样子，带着它们的原罪快快活活的。有一两次他紧张地回过头去看船上那女人，可是她只管看着前面，埋头在掌她的舵。他的背疼得厉害，心灰意懒地注意到他的两个爪子皮都开始皱了，癞蛤蟆一直是为自己的爪子感到十分自豪的。他悄悄地咕哝一些永远不该从洗衣妇或者癞蛤蟆的嘴里吐出来的话。肥皂落下来已经第五十次了。

一阵哈哈大笑声使癞蛤蟆伸直了身子，他回过头来看。船上那女人正向后仰靠，忍不住地哈哈大笑，笑得眼泪顺着她的双颊流下来。

"我一直在留心看你，"她喘着气说，"我看你刚才说话的自高自大的样子就在想，你一定是个骗子。你真是个呱呱叫的洗衣妇！我可以打赌，你一辈子里从来没有洗过比洗碗布更多的东西！"

癞蛤蟆已经忍了好久的一肚子怒火现在爆发了，他一点也无法再控制自己。

"你这个庸俗下流的胖船娘！"他叫道，"你可别胆敢这样和上等人说话！什么洗衣妇！我要你知道我是一只癞蛤蟆，一只无人不知、个个尊敬的了不起的癞蛤蟆！目前我可能落了点难，可我不能让一个船娘耻笑！"

那女人向他挪近一点，凑到他的女帽底下尖锐地看他。"哈哈，原来你是这么个东西！"她叫道，"哼，我真没想到！一只又可怕又肮脏、叫人毛骨悚然的癫蛤蟆！而且是在我这艘漂亮干净的船上！我可不能容忍这样的事。"

她放开一会儿舵柄。一只满是斑点的大胳臂猛地伸过来，一把抓住了癫蛤蟆的一条前腿，另一只胳臂一下子也伸过来，抓住了他的一条后腿。这时候整个世界好像一下子翻了个个儿，船像是轻轻地飞过天际，风在耳边呼啸，癫蛤蟆只觉得自己飞快地旋转着掠过空中。

当他终于很响地泼剌一声落到河里时，河水对他来说实在凉透了。不过河的冷冽还不足以压下他的骄傲劲儿，或者平息他的火气。他噼噼啪啪地挣扎着露出水面，抹掉眼睛上的浮萍，第一眼看到的是船上那胖女人从倒退着的木船的船尾回过头来看他，哈哈大笑。他又咳嗽又呛，发誓定要报这个仇。

他拍打着水向岸边游去，可是那条长布裙大大妨碍了他的行动。等到他终于摸到岸时，没有人帮忙，他好不容易才爬上了那个陡岸。他得歇上一两分钟来缓过他的气，然后把他那件湿长裙搭在两条胳臂上，撒开腿就去追那只船，他的那双腿能让他跑多快他就跑多快，他气得发狂，只渴望着报仇。

等到他追上了，跟船上那女人平行的时候，那女人还在哈哈大笑。

"把你自己放到压衣机里去压压干吧，洗衣妇，"她叫起来，"把你的脸也熨一下，熨出褶来，你就变成一只头等漂亮的癞蛤蟆了！"

癞蛤蟆没有停下来回答。他想的是结结实实报这个仇，而不是廉价的、不顶用的口头上的胜利，尽管他心中也有一两句话想说。他在他前面看到了他正想要的东西。他飞快地跑上前去，一把抓住了马，解开挽绳，把它扔掉，轻轻地跳上马背，使劲地踢它两边让

它快跑。他驾马直奔空旷的田野，离开拉纤的小路，沿着布满车辙的路一直跑去。他回头看了一次，只见那只船已经冲到运河对岸，船上的女人在拼命做着手势大叫："停下，停下，停下！"

"这老调我过去听过了。"癞蛤蟆哈哈大笑着说，同时继续让他的马拼命向前飞奔。

拉船的马没有什么长力，它的快跑很快变成慢跑，它的慢跑又很快变成了漫步。不过癞蛤蟆对此已经深感满意，因为他知道他到底在向前走，而船却走不了了。他的火气已经平息，他终于做了一件他自以为真正聪明的事。他很满足于这样在阳光下缓缓而行，走走偏僻的小路和不通车只走马的小道，只想忘掉他已经有好久没吃上一顿好饭了，就这样一直到运河远远地给他抛在后面。

他的马带着他走了好几英里，在炎热的阳光下他感到昏昏欲睡。这时马停下来，低下头开始啃青草。癞蛤蟆一下子醒来，正好及时使上点劲避免从马上摔下来。他朝周围看，看到自己正在一片宽阔的工地上，极目望去，整片工地是东一丛西一丛的荆豆和荆棘。他附近停着一辆很脏的吉卜赛篷车，车旁有一个男人坐在一个翻过来的桶上，只顾抽烟，看着广漠的世界。附近柴堆上生着火，火上挂着一个铁锅，锅里冒着泡泡，噗噗地响，透出淡淡一股诱人的蒸汽。还有香气——温暖、浓郁和多样的香气——它们纠结在一起，最后合成一种完整的、激起人食欲的香气，就如同大自然的灵魂成了形，在它的孩子们面前出现，一个真正的女神，一个给孩子安慰和使孩子舒服的母亲。癞蛤蟆现在才明白，他过去从来没有真正地饿过。这天早些时候他所感觉到的只是微不足道的难受而已。一点不错，这才算是真正的饿；而且得赶紧对付，要不然人就会出事。他仔细端详那个吉卜赛人，拿不准主意是对他动拳头容易还是骗他容易。他就这样坐在那里一个劲儿地吸气，瞧着那个吉卜赛人；那个吉卜赛人也坐在那里一个劲儿地抽烟，瞧着他。

吉卜赛人一下子把他嘴里的烟斗拔出来，随便地说了一句："你那匹马卖吗？"

癞蛤蟆听了大吃一惊。他不知道吉卜赛人都喜欢买卖马匹，只要有机会从来不放过，他也没想到大篷车一直要走，要马拉。把马换东西这件事他连想也没有想过，可是那吉卜赛人的建议似乎为他渴望得到的两样东西铺平了道路——现钱和一顿饱饭。

"什么？"他说，"让我卖掉我这匹漂亮的年轻力壮的马？噢，不卖，谈也不要谈。每星期洗好的衣服叫谁拉到我的主顾那里去呀？再说，我太喜欢它，它也太爱我了。"

"试试看去喜欢一头驴吧，"吉卜赛人劝他说，"有人喜欢驴。"

"看来你不知道，"癞蛤蟆接下去说，"我的这匹好马胜过一切。它是一匹纯种马，它是纯种马，部分是；自然不是你看到的那部分……是另一部分。它当日还得过哈克尼奖……那时你还不认识它，不过你如果懂马的话，一眼还是能看出来的。不行，你说的事想也不用想。不过，这么漂亮的一匹年轻力壮的马，你打算出多少钱给我呢？"

那吉卜赛人把马仔细地看了一遍，又同样仔细地把癞蛤蟆看了一番，然后又去端详那匹马。"一条腿一先令。"他简短地说了一声，把头转过去继续抽他的烟，打算把广阔的世界看一个够。

"一条腿一先令？"癞蛤蟆叫起来，"你同意的话，我必须花点时间算一算，看到底是多少钱。"

他下了马，让它去吃草，自己坐到吉卜赛人身边，扳着手指头算数，最后他说："一条腿一先令？那么正好是四先令，一个也不多。噢，不行，我这么漂亮的一匹年轻力壮的马，我可不想四个先令就卖掉。"

"好吧，"吉卜赛人说，"我来告诉你我怎么办。我出五先令，那可是比这头牲口的价值多了三到六便士。我的话就说到这里了。"

癞蛤蟆坐在那里沉思了半天。这是因为他很饿，又身无分文，离家却还有好长一段路——他也不知道有多远——而敌人可能仍然在搜捕他。对于一个在这种处境的人来说，五先令看着就是很大一笔钱了。从另一方面说，一匹马卖这点钱并不算多，不过话说回来，他拿到这匹马到底分文未花，因此他不管拿到多少钱都是净赚的。最后他斩钉截铁地说："你听我说，吉卜赛人！我说我们这么办吧，我的话可也是说到这里了，你给我六先令六便士，现钱，外加一样，你那个铁锅里香喷喷的东西让我吃个饱，当然是就此一次。然后我把我那匹精神饱满、年轻力壮的马给你，外加它身上所有漂亮的挽具和装饰物。如果你觉得不行，你就明说吧，我要上路了。我认识这里附近一个人，他想我这匹马都不知想了多少年了。"

那吉卜赛人可怕地咕哝了一通，说他要是再做几桩这样的买卖，他就要破产了。但他最后还是从他那个裤袋底好容易掏出一个肮脏的帆布袋，在癞蛤蟆的手掌上数了六先令六便士。接着他钻进大篷车一会儿，拿出一个大铁盘子、一把餐刀、一把餐叉、一把勺子出来。他把铁锅侧转，灿烂夺目的一道滚烫炖品就咕噜噜流到盘子里。这真是世界上最美的炖品，是鹧鸪肉、山鸡肉、鸡肉、野兔肉、家兔肉、孔雀肉、珍珠鸡肉，还有一两样其他肉炖出来的。癞蛤蟆把盘子放在膝盖上，高兴得差不多叫起来，往肚子里塞啊，填啊，装啊，不停地求他再添，那吉卜赛人倒也毫不小气。他觉得一辈子里还没有吃到过这么好吃的一顿早饭。

等到癞蛤蟆尽量地吃，肚子撑足了，他站起来对吉卜赛人说再见，跟那匹马亲切地告别。吉卜赛人对河边一带很熟悉，给他指点了路，癞蛤蟆于是神采飞扬地又动身上路了。他如今的样子和一小时以前大不相同，真是完全换了一只癞蛤蟆。太阳照得亮堂堂，他的湿衣服已经干透，口袋里重新有了钱，离开家、朋友和安全也近了，而最主要和最好的是，他饱饱地吃了顿热气腾腾、富有营养的饭，觉得自己神气了，有力量了，无忧无虑了，充满了自信。

他这么快快活活地一路走时，回想他的冒险和逃亡，绝处总是

逢生，他的骄傲自大又开始在他心中膨胀。"呵，呵！"他把头抬得半天高地迈大步时对自己说，"我是一只多么聪明的癞蛤蟆啊！说到聪明，天底下绝对没有一只动物能够和我相比了！我的敌人把我关在监牢里，四周布满了岗哨，狱卒日夜看守，可我用不折不扣的本领加上勇敢，在他们所有人当中大摇大摆地穿过，走了出来。他们开火车追我，又是警察，又是手枪，可我对他们噼噼啪啪捻手指头，哈哈大笑着消失不见了。我不幸被一个身体胖、心灵坏的女人扔进了运河。结果怎么样？我游上了岸，抓来她的马，胜利地骑走了，还用这匹马换来了满满一口袋钱和一顿呱呱叫的早饭！呵，呵！我就是这么只癞蛤蟆，这么只漂亮、闻名、东成西就的癞蛤蟆！"他趾高气扬得一路走一路作起自称自赞的歌来，放开嗓子大唱，虽然除了他自己以外一个听的人也没有。这也许是动物曾经作过的歌中最骄傲的一首。

世上不少大英雄，

历史书上全记下。

可是说到名气响，

没人及我癞蛤蟆！

牛津大学多才子，

无所不知学问大，

学问再大也不及，

不及半个我这癞蛤蟆！

方舟[1]上的动物哇哇哭，

眼泪好像瀑布下。

1　《圣经》故事说，世界曾暴发大洪水，只有乘在挪亚方舟上的人和动物脱险。西方因此常以方舟作为避难处所的象征。

是谁打气说道"前面有陆地"？

　　说这话的是我癞蛤蟆！

军队啪嗒啪嗒街上走，

　　猛地行礼"嚓"一下。

是对国王还是基契纳[1]，

　　不，是对我这癞蛤蟆！

王后带着宫女们，

　　缝缝绣绣在窗下。

她叫道："瞧，那**英俊**的小伙子是谁？"

　　她们回答是我癞蛤蟆！

　　诸如此类的话多的是，可是骄傲得太可怕了，写都不好写下来。上述几段还算是比较客气的。

　　他一边走一边唱，一边唱一边走，一分钟比一分钟更得意。但是他的骄傲劲儿很快就被狠狠打消了。

　　走了几英里乡村小道以后，他来到了公路。他一上公路，顺着它的白色路面看去，只见一个小点子向他移动过来，接着小点子变成中点子，中点子变成大点子，大点子变成一样他很眼熟的东西；只听吧吧两声，实在太熟悉太悦耳了。

"真是妙哉！"心情激动的癞蛤蟆说，"又回到真正的生活，又回到我久违的大世界了！我要招呼他们，招呼我这些开车的兄弟，我要给他们编个故事，这玩意儿一直都那么顺利。他们当然会让我搭车，然后我再跟他们谈谈。运气的话，说不定我最后会开上汽车到癞蛤蟆庄园呢！这可够獾瞧的！"

他充满自信，走到路当中招呼那辆汽车。那辆汽车轻快地一路过来，靠近小道时放慢速度，这时候他突然面色苍白，心变成了水，下面两腿哆嗦得站不住，他弯下身子，心疼地瘫下来。这只倒霉的家伙，他怎么能不这样呢，因为来的不是别的汽车，正是一连串倒霉事从之而起、那个倒霉日子他在红狮饭店院子里偷的那一辆！而车上坐的也不是别人，正是他在咖啡室里坐着吃中饭时见到的那一帮！

他在路当中缩成可怜巴巴的一摊泥，绝望地自言自语咕哝着："全完了！没希望了！又是锁链和警察了！又是监牢了！又是干面包和

_____

1　基契纳（1850—1906），英国元帅。

水了！噢，我多么傻啊！我干吗要在乡下大摇大摆地走路，唱吹牛的歌，在光天化日之下在公路上拦车啊，怎么不躲到晚上，走偏僻小道悄悄地溜回家呢！噢，倒霉的癞蛤蟆！噢，不幸的东西！"

那辆可怕的汽车慢慢地越来越近，最后他听见它就在他不远处停下了。两位绅士从车上下来，绕着路当中这蜷成一团索索发抖的可怜东西团团转，其中一个说："天啊！看着太叫人难过了！这里有个可怜的老太太……显然是一个洗衣妇……她在路当中晕倒了！也许她是中了暑，这可怜的太太，也许她今天没吃过东西。让我们扶她上车，把她送到最近的一个村子去吧，在那里她毫无疑问会有朋友。"

他们轻轻地把癞蛤蟆扶上汽车，用松软的垫子给他靠着，然后继续开车上路。

癞蛤蟆听见他们用这样和气和同情的口气说话，知道自己没有给认出来，于是开始恢复了勇气，他小心地先张开一只眼睛，再张开另一只眼睛。

"瞧！"一位绅士说，"她已经好些了。新鲜空气对她有好处。现在你觉得怎样了，太太？"

"谢谢你们的好意，先生，"癞蛤蟆用有气无力的口气说，"我觉得好多了！"

"那很好，"一位绅士说，"现在坐着别动，最要紧的是别说话。"

"我不说话，"癞蛤蟆说，"我只是想，如果我可以坐在前面司机旁边的位子上，我就能迎面吹到新鲜空气，很快就会痊愈了。"

"一个多么有头脑的女人！"一位绅士说，"你当然可以坐在前面。"于是他们小心翼翼地扶癞蛤蟆坐到前面司机旁边的位子上，接着他们又上路了。

癞蛤蟆这时候差不多已经又恢复原来的样子。他坐起来朝周围看，想要压下心中又冒起来缠绕着他和支配着他的震颤和早先的渴望。

"这是命该如此！"他对自己说，"为什么要硬压下去呢？为什么要和渴望挣扎呢？"于是他向他身边的司机转过脸去。

"对不起，"他说，"我希望你能行行好，让我试试看开一会儿车。我一直仔细地看着你，开车看来是那么容易、那么好玩，我真希望能告诉我的朋友们，说我曾经开过一次汽车！"

司机听了这个建议哈哈大笑，笑得那么开心，一位绅士不禁问他是怎么回事。绅士听了以后，说了句叫癞蛤蟆大为高兴的话："好极了，太太！我敬佩你的精神。让她试试吧，只是关照着她。她不会出什么事的。"癞蛤蟆迫不及待地爬到司机让给他的座位上，抓住驾驶盘，假装谦虚地倾听着司机对他的指示，开动车子，可是起先他开得很慢很小心，因为他决心谨慎一点。

后面两位绅士啪啪地鼓掌，癞蛤蟆听见他们说："她开得多好啊！真没想到，一个洗衣妇第一次开车就能开得那么好！"癞蛤蟆开得快了一点，接着又快一点，又快一点。

他听见两位绅士叫起来关照他："小心，洗衣妇！"这句话使他感到讨厌，他开始昏头了。

司机打算干涉，可是他用胳臂肘把他顶回他的位子上去，开足了马力。迎面扑来的风、嗡嗡响的马达声和身下汽车的轻轻跳动陶醉了他意志薄弱的脑子。"哼，洗衣妇！"他不顾一切地大叫，"呵！

呵！我是癞蛤蟆，开走汽车的癞蛤蟆，越狱的癞蛤蟆，总是死里逃生的癞蛤蟆！静静坐着吧，你们将知道开车应该是什么样子，因为你们如今是在天下闻名、技术超群、天不怕地不怕的癞蛤蟆手里！"

全车的人心惊胆战地叫着站起来，向他扑上去。"捉住他！"他们叫道，"捉住癞蛤蟆，捉住这个偷我们汽车的坏家伙！用绳子把他捆起来，用铁链把他锁起来，把他拉到最近的警察局去！打倒这只不要命的危险癞蛤蟆！"

天啊！他们本该想到，他们本该更加谨慎，他们本该记住，在开这类玩笑之前先得把汽车停下来。癞蛤蟆把驾驶盘转了半圈，让汽车冲过了路边的矮树丛，就这么狠狠地向上一跳，剧烈地一撞，汽车的几个轮子就在一个小泥潭里乱转了。

癫蛤蟆发现自己正在用燕子的美丽弧形直向上冲，飞过空中。他喜欢这样飞行，正开始考虑是不是能够这样飞下去，直到长出翅膀，变成一只癫蛤蟆鸟为止，可是已经啪嗒一声，一个背墩落在柔软茂盛的草地上。他坐起来，只看见汽车在泥潭里几乎没顶；两位绅士和司机被他们的长衣服妨碍着，正在水里毫无办法地挣扎。

他赶紧跳起来，撒开腿拼命跑过田野，爬过矮树丛，跳过壕沟，脚步沉重地走过旷野，直到上气不接下气，累得要命，只好停止奔跑，改为慢步行走。等到他稍微缓过了气，能够安静地思索以后，他开始咯咯笑，从咯咯笑变为哈哈笑，他哈哈大笑，直笑到只好在一丛矮树下坐下来。"呵！呵！"他沉醉于自我崇拜之中，大叫着说，"又是癫蛤蟆得胜了！癫蛤蟆照例又名列前茅！是谁叫他们让他上的汽车？是谁能为了新鲜空气坐到前面去？是谁劝他们让他试试看能不能开车？是谁弄得他们全落到一个泥塘里去？是谁快快活活地、毫不受伤地飞过天空逃走了，留下那三个心胸狭窄、妒忌别人、胆小如鼠的旅行家在烂泥里——他们在那里再合适不过了！那还用说，当然是癫蛤蟆，聪明的癫蛤蟆，伟大的癫蛤蟆，呱呱叫的癫蛤蟆！"

接着他又提高了声音大唱：

汽车卜卜卜卜,

　　顺着大路飞奔,

是谁把它开进池塘?

　　是机灵的癞蛤蟆先生!

"噢，我多么聪明啊！多么聪明，多么聪明，多么无比的聪……"

他话没有说完，身后远远传来一个很轻的声音使他回过头去看。哎呀，可怕！哎呀！倒霉！哎呀，没法逃了！

在两块田地那边，只看到那个穿着高统皮靴的司机和两个又高又大的乡村警察，他们拼了命向他奔过来！

可怜的癞蛤蟆跳起来，重新拼命逃走，他的心都蹦到他的嘴上来了。"噢，天啊！"他气喘吁吁地跑着，上气不接下气地说，"我是只什么样的蠢驴啊！我是只什么样的又骄傲又不小心的蠢驴啊！又狂妄自大了！又叫又唱了！又坐下来一动不动和吹牛了！噢，天啊！天啊！天啊！"

他回过头去看，使他泄气的是，他看见他们已经要赶上他了。他没命地向前跑，可一回头看，看见他们还是在不断地赶上来。他拼了命，可他的身体肥胖腿又短，他们还是赶上来了。他现在可以听到他们就在他身后不远。他不再管自己在往哪儿走，盲目地拼命乱跑，忍不住回头去看那几个这时候感到得意洋洋的敌人，可这时候他脚下的土地忽然没有了，他抓了个空，啪嗒一声！他发现他正倒栽葱插在深深的水里，流得很急的水里。水用他无法抗拒的力量把他带走，他明白了，他这样盲目地乱跑一气，直接跑到了河中！

他冲到水面上来，想要抓住岸下贴近河边的芦苇和灯心草，可是水流太急，把他手里抓住的芦苇和灯心草冲走了。"噢，天啊！"可怜的癞蛤蟆喘着气说，"我再也不偷汽车了！我再也不唱骄傲的歌了！"接着他顺流而下，上气不接下气，唾沫四溅地说话。不久他看到他来到岸边一个大黑洞那儿，它就在他头顶上，当流水把他带着经过时，他伸出一个爪子，一把抓住了洞边，挂在那里。接着他慢慢地、费劲地将身子爬出水面，直到他最后能把两个胳臂肘靠在洞边上。他在那里逗留了几分钟，呼噜呼噜直喘气，因为他已经精疲力竭了。

当他又叹气又吐气地往面前的黑洞里看时，一样很亮的小东西在洞底一闪一闪地向他挪近。等这亮东西到了面前，它四周渐渐露出一张脸，这是一张很面熟的脸！

棕色的，小小的，翘着胡须。

很严肃，圆滚滚，长着灵活的耳朵、光滑的毛。

是河鼠！

11　"他的眼泪像夏天的骤雨"

　　河鼠伸出一只灵巧的棕色小爪子，紧紧抓住癞蛤蟆的颈背，狠狠地提，使劲地拉。水里的癞蛤蟆慢慢地但稳当地爬上洞边，最后安然无事地站在门厅里，身上又是泥水又是水藻，水从身上流下来，可是他兴高采烈，恢复了老样子，如今他重新来到了朋友家，不用再东逃西躲，装扮成有失他身份的洗衣妇，而要去办大事了。

　　"噢，河鼠！"他叫道，"自从上次见到你以后，我经历了那么多事情，你想都没法想！那些审判、那些折磨，我全都高傲地经受住了！然后是那些逃亡，那些乔装改扮，那些花招，全都聪明地计划好并且成功了！我蹲过牢——自然逃出来了！我被扔进过运河——我游上岸了！我偷到了一匹马——还卖了一大笔钱！我哄骗所有的人——让他们完全照我想的办！噢，一点不假，我是一只好样的癞蛤蟆！你想知道我最后一个英勇的行为是什么吗？让我来告诉你……"

"癞蛤蟆，"河鼠严肃和斩钉截铁地打断他的话说，"你马上给我上楼，脱掉你那身破烂，它原来可能是哪个洗衣妇的。然后你好好洗个澡，换上我的衣服，试试看尽可能像个绅士那样下来；我一辈子里从未见过比你现在这个样子更寒酸、更肮脏、更不体面的东西了！好啦，别再吹牛和争辩了，去吧！待会儿我还有话对你说呢！"

癞蛤蟆起先打算停下来回嘴。他在牢里听人差来差去听够了，如今在这儿显然又要从头来过，而且是听一个河鼠差遣！不过他还是在帽架上面的镜子里看到了自己那副尊容，那顶黑色旧女帽歪扣在一只眼睛上面，他于是改变了主意，乖乖地快步上楼，到河鼠的盥洗室去。他在那里洗了个干净，梳好头，换了一身衣服，在镜子前面站了好半天，又得意又高兴地盯着自己看，心想，哪怕有一瞬间会把他错看做洗衣妇的人准定是个不折不扣的白痴。

等到他又下楼来，中饭已经在桌上摆好，癞蛤蟆见了真高兴，因为自从他吃了吉卜赛人那顿丰盛的早饭以后，已经经历了好些难堪的事，费掉了不少劲。他们吃饭时，癞蛤蟆对河鼠讲了他的全部历险经过，主要讲他的聪明、脑筋快和在处境困难时机灵狡猾。听

下来他经历了一场快活而丰富多彩的奇遇。不过他说得越多，吹得越厉害，河鼠也变得更严肃，更沉默。

等癞蛤蟆最后说够了停下来，沉默了一会儿，河鼠开口说话了："你听我说，癞蛤蟆，我不想再使你痛苦，苦头你已经吃够了。不过认真地说，你不觉得你曾经是一头多么可怕的蠢驴吗？你自己承认，你戴过手铐，坐过牢，挨过饿，给人追赶过，怕得要命，遭到羞辱，让人嘲弄，不光彩地被扔到水里——还是被一个女人扔的！这有什么可乐呢？这有什么好玩呢？全都只为了你硬是要去偷一辆汽车。你知道，从你第一次看到汽车起，除了烦恼以外它没有给你带来过任何东西。可是你如果迷上它们——你的老毛病是五分钟热度——那又干吗去偷呢？如果你觉得做一个癫子带劲，你可以做一个癫子；再不然，如果你有兴趣，你可以做一个破产者；可为什么偏偏做一个罪犯呢？什么时候你才能有点理智，想到你的朋友，设法为他们增光呢？比方说，我到处走来走去，听到别人说我这个家伙跟坐牢的做朋友，你想我会高兴吗？"

说到这里，必须指出，癞蛤蟆性格中有一点非常令人放心，就是他心肠极其好，他真正的朋友训斥他时他也从不在乎。即使骂得再凶，他也总是能够想得开。因此河鼠虽然说得如此严厉，癞蛤蟆始终忍不住对自己说"不过这样真好玩！好玩极了"，并且在心中发出压抑的古怪声音：克克克，噗噗噗，以及鼾声或者开汽水瓶塞声，等等。不过等到河鼠说完，他还是深深叹口长气，低声下气乖乖地说："你说得对极了，河鼠！你一直是多么正确啊！对，我曾经是一只自高自大的蠢驴，我现在看清楚了，以后我要做一只好癞蛤蟆，不再做那种蠢驴了。至于汽车，自从我在你那条河里淹过以后，我就不再那么感兴趣。说实在的，当我挂在你这个洞的边上喘气那会儿，我忽然有了一个主意—— 一个真正出色的主意——它跟汽船有关……好了，好了！别这样生气，老伙计，别跺脚，别心烦。这只是一个主意，现在我们先不谈这个。我们喝我们的咖啡，再抽几口烟，安静地聊聊天，然后我慢悠悠地走回我的癞蛤蟆庄园，穿上我自己的衣服，一切重新照老样子过下去。我冒险得够了。我要过一种安静、平稳和被人敬重的生活，稍微管管我的产业，加以改进，有时候还搞点园艺，美化环境。有朋友来看我，我总能给我的朋友吃点东西；我要弄一辆马车到乡下兜兜风，就像我在老日子那样，那是在我变得闲不住，老想干点什么事以前。"

"慢悠悠地走回癞蛤蟆庄园？"河鼠极为激动地大叫起来，"你在说什么呀？你是说你根本还没听说过那件事？"

"听说什么事？"癞蛤蟆问道，脸都发青了，"说吧，河鼠！快说！别瞒着我！我没听说过什么事？"

"你是要告诉我，"河鼠用他的小拳头捶着桌子大声说，"你一点也没听说过鼬鼠和黄鼠狼的事？"

"什么，森林里那些野畜生？"癞蛤蟆叫道，两手两脚全都在哆嗦，"没有，一个字也没听说过！他们干什么了？"

"……也没听说过他们怎么霸占了癞蛤蟆庄园？"河鼠说下去。

癞蛤蟆把他的两只胳臂肘撑在桌上，下巴撑在爪子上，每只眼睛涌出一颗大泪珠，溢出来，落在桌子上：噗！噗！

"说下去吧，河鼠，"他紧接着咕哝说，"全告诉我吧。最难过的一阵已经过去。我又是一只动物了，我受得住。"

"当你……陷入……你那……那……那些倒霉事的时候，"河鼠叫人感动地慢慢说，"我是说当你……有好一阵在社交界中消失不见的时候，那是由于关于一辆……一辆汽车的误会，你知道……"

癞蛤蟆只是点点头。

"那时候这里自然议论纷纷，"河鼠说下去，"不但在这儿的河岸，在原始森林里也一样。动物照例分成了两派。河岸的动物帮你，说这样对待你不公平，如今在大地上没有正义了。可是原始森林的动物说的话就难听了，说你这是活该，你做的这种事情正是到了结束的时候了。他们变得非常趾高气扬，到处去说你这回完蛋了！你永远不会再回来了，永远不会，永远不会再回来了！"

癞蛤蟆又一次点点头，还是一声不吭。

"那是一些小野兽，"河鼠说下去，"可鼹鼠和獾忠心耿耿地坚持说你很快总要回来的。他们说不准怎么回来，但说总要回来！"

癞蛤蟆重新坐到他的椅子上，傻笑了一下。

"他们搬出历史来争论，"河鼠说下去，"他们说从来不知道有过一种刑法是针对你那种厚脸皮和巧嘴的，再加上你又有财力。于是他们把他们的东西搬进癞蛤蟆庄园，睡在那里，让房子通气，把它收拾好等你回家。他们自然没想到会发生什么事，不过他们还是不放心原始森林的那些动物。现在我要说到我这个故事中最难过最悲惨的一段了。在一个黑夜——是个很黑很黑的夜，而且是狂风暴雨—— 一群黄鼠狼武装到了牙齿，悄悄地爬过马车道，来到前门。与此同时，一群亡命之徒雪貂穿过菜园，占领了后院和下房。这时候一队搜索的鼬鼠无所顾忌地占领了暖房和弹子房，让落地长窗对着草地敞开着。

"那会儿鼹鼠和獾正在吸烟室里，他们坐在炉火旁边讲着故事，一点也不怀疑有什么，因为这样的夜里任何动物都不会出来的。可就在这时候，那些嗜血的恶棍打破了门，从四面八方向他们冲过来。他们奋力对抗，可是有什么用呢？他们没有武器，遭到突然袭击，再说两只动物又怎么对付得了几百只动物？这些动物用棍子狠狠地揍他们，那两只忠心耿耿的可怜动物，被他们赶到又冷又湿的外面去，还被他们骂了许多脏话和废话！"

听到这里，无情的癞蛤蟆反而咯咯笑，但他接着缩成一团，要装出特别严肃的样子。

"自此以后，原始森林的那些动物就在癞蛤蟆庄园里硬住下来了，"河鼠继续说，"而且要一直住下去！他们在床上睡上大半天，一天二十四小时吃个不停，那地方变得如此乱七八糟（我是听人家

说的），叫人看都不忍心看！他们吃你的食物，喝你的饮料，说关于你的难听笑话，唱下流的歌，歌里说的是……嗯，说的是监狱、官吏和警察。那是些可怕的人身攻击的歌，里面没有一点儿幽默。他们告诉商人和所有的人，说他们要永远住下去了。"

"噢，是吗！"癞蛤蟆说着站起来，抓起一根棍子，"我倒马上要去看看！"

"这没有用，癞蛤蟆！"河鼠在他后面叫，"你还是回来坐下。你只会惹麻烦。"

可是癞蛤蟆已经走了，拦也拦不住。他快步顺着大路走，高举他那根木棍，气得叽里咕哝地怒骂，一直来到他家的前门附近，忽然从围篱后面跳出一只长长的持枪的黄雪貂。

"什么人？"那雪貂厉声说。

"别废话！"癞蛤蟆怒气冲冲地说。

"你敢这样跟我说话？马上走开，要不然……"

那雪貂不再说下去，却把他的枪托顶在肩膀上。癞蛤蟆小心地趴在路上，乒！一颗子弹在他的头顶上呼啸而过。

癞蛤蟆吓坏了，爬起来就拼了命飞也似的逃走，一边跑一边还听到后面那雪貂哈哈大笑，跟着是另一些可怕的尖细笑声，把那哈哈笑声继续下去。

癞蛤蟆跑回来，垂头丧气，把他的遭遇告诉河鼠。

"我跟你怎么说的？"河鼠说，"这样没有用。他们布下了岗哨，全都有武器。你只好等待着。"

癞蛤蟆还不打算马上死了这条心。因此他把船弄出来，坐船出发，顺着河划到癞蛤蟆庄园前面。

到了能看见他老家的地方，他停下桨，小心地观察这儿的情况。一切看来十分安静，没有人。他能看到在夕阳下闪烁的癞蛤蟆庄园的整个正面，三三两两地停在笔直的屋脊上的鸽子，花园，盛开的花，通到船库的小溪，小溪上的小木桥；它们安静，没有人，显然在等着他回来。他想他可以试试看先到船库。他小心翼翼地把船划到小溪入口处，可正当他从桥下经过的时候……啪啦！

从上面扔下来的一块大石头撅穿了船底。船灌满了水，沉下去了，癞蛤蟆在深水里挣扎。他抬头看见两只鼬鼠靠在桥栏杆上幸灾乐祸地看着他。"下回就扔中你的脑袋了，癞蛤蟆！"他们对他叫道。生气的癞蛤蟆游到岸边，这时两只鼬鼠你撑着我我撑着你，笑啊笑啊，笑个不停，直笑到他们差不多抽了两次筋——这当然是说，一只鼬鼠抽一次筋。

癞蛤蟆用两条腿走完了他那条累人的路，再一次向河鼠讲述了他这次失败的经历。

"是啊，我跟你怎么说的？"河鼠十分生气地说，"好了，你听我说！看看你做出了什么好事！丢掉我的宝贝船，这就是你做的好事！完全糟蹋了我借给你穿的漂亮衣服！说实在话，癞蛤蟆，所有动物都受不了你，我怀疑你是否能找到一个朋友！"

癞蛤蟆马上看到自己干得大错特错，愚蠢透顶。他承认了自己的错误和刚愎自用，由于丢掉了河鼠的船和糟蹋了他的衣服而向河鼠诚心诚意地道歉。他那么坦率地认错，总是能使他的朋友不想再批评他，从而把他们仍旧争取到自己一边来。他最后说："河鼠！我看到了，我是一只自以为是和任性的癞蛤蟆！从今以后，请相信我吧，我将谦虚和温顺，在听到你的亲切忠告和得到你的完全同意之前，我什么事情也不做！"

"如果真是这样，"好心肠的河鼠说，他已经息怒了，"那么我要劝你坐下来吃你的晚饭，因为时间已经晚了，晚饭马上就会在桌子上摆好，而且你要非常耐心。我断定我们一点办法也没有，先得见到鼹鼠和獾，听听他们的最新消息，大家商量一下怎么办，听听他们对这桩棘手事情有什么看法。"

"噢，啊，对呀，那还用说，是得先见到鼹鼠和獾，"癞蛤蟆轻巧地说，"他们变得怎么样了，这两位亲爱的伙计？我把他们全给忘了。"

"你完全应该问一问！"河鼠责备他说，"当你坐着贵重的汽车在乡间开来开去，骑着纯种的马神气地乱跑，大吃大喝的时候，那两位可怜的忠实朋友却不管天气好坏地在露天下宿营，白天过得很苦，夜里睡得很差。他们守望你的房子，巡逻你的地界，时刻盯着鼬鼠和黄鼠狼，筹划和打算怎么才能为你收回地产。你不配有这样忠心耿耿的高贵朋友，癞蛤蟆，你的确不配有。等到有一天来不及了，你会觉得后悔，当你有他们这样的朋友时，却没有重视他们！"

"我知道，我是一只忘恩负义的野兽，"癞蛤蟆洒着苦泪呜咽着说，"让我出去找他们吧，到外面寒冷的黑夜中去，去分担他们的苦难，尝试用我的行动来证明……等一等！我断定我听到了一碟菜的叮叮声！晚饭终于端来了，万岁！来吧，河鼠！"

河鼠想起可怜的癞蛤蟆曾经在牢里关了好久，因此必须对他宽宏大量。于是他跟着癞蛤蟆到桌旁，慷慨地劝他快吃，好弥补他的损失。

他们吃完饭刚在他们的扶手椅上坐下，就传来了很重的叩门声。

癞蛤蟆很紧张，可是河鼠神秘地对他点点头，一直走到门那儿去把它打开，进来的是獾先生。

他整个外表一看就是好几夜回不了家，得不到一丁点儿休息的样子。他的鞋子上全是泥，人看上去蓬头垢面；不过，这位獾先生，即使在最好的日子里也不是一个十分漂亮的人。他郑重地走到癞蛤蟆面前，跟他拉爪子，说："欢迎你回家，癞蛤蟆！天啊，我说什么了？什么家，真是的！这是可怜的归来。不幸的癞蛤蟆！"接着他背过身，在桌旁坐下来，把他的椅子拉过去，动手切了一大块冷馅饼。

癞蛤蟆对这种异常严肃和凶多吉少的见面方式非常害怕，可是河鼠跟他咬耳朵说："别放在心上；不要管它；什么话也先别对他说。当他要吃东西时，他总是十分消沉和沮丧的。过半个钟头他就完全变样了。"

于是他们一声不响地等着，不久又传来另一下轻一些的叩门声。河鼠对癞蛤蟆点了点头，走去开门，放进鼹鼠。他穿得破破烂烂，没有洗过澡，皮毛上粘着一些干草和麦秸屑。

"万岁！癞蛤蟆老弟在这里！"鼹鼠叫道，脸上闪着红光，"想想看，你又回来了！"他围着他跳起舞来，"我们做梦也没想到你会回来得那么快！嗨，你准是逃出来的，你是一只聪明伶俐、足智多谋的癞蛤蟆！"

河鼠一听吓坏了，拉拉他的胳臂肘，可是已经太晚。癞蛤蟆早已飘飘然起来。

"聪明？噢，不！"他说，"在我朋友们的眼睛里我并不怎么聪明。我只是逃出了英国最坚固的监狱，如此而已！我只是上了一辆火车，坐它逃出了性命，如此而已！我只是乔装改扮，在乡间走来走去，骗过所有的人，如此而已！噢，不！我是一只蠢驴，我就是一只蠢驴！我来告诉你我冒的一两个小险吧，你可以自己去衡量衡量！"

"好的，好的，"鼹鼠说着，向摆着晚饭的桌子走过去，"趁我吃饭，你给我说。吃过早饭以后，我一点儿东西也没进过口！哎哟！哎哟！"他坐下来就只管动手去弄牛肉和酸菜吃。

癞蛤蟆叉开腿站在炉前的地毯上，伸手从裤子口袋里掏出一把银币。"瞧这个！"他叫着给大家看银币，"几分钟就弄到这些，不太坏吧？你想我是怎么弄到手的呢，鼹鼠？卖了一匹马！我就是这么干的！"

"说下去吧，癞蛤蟆。"鼹鼠说道，他太感兴趣了。

"癞蛤蟆，请你住口！"河鼠说，"你别逗他说下去了，鼹鼠，你也知道他是怎么个家伙，还是请你尽快告诉我们，情况到底怎么样，我们最好怎么办，如今癞蛤蟆终于回来了。"

"情况糟得不能再糟，"鼹鼠激动地回答说，"至于怎么办，见鬼，我也不知道！獾和我一直在那地方转了又转，不分白天黑夜，可老是一个样子。到处布满岗哨，枪伸出来指着我们，石头向我们扔过来，老是有一只动物警戒着，他们一看见我们，嘻，他们笑成那个样啊！我最恨的就是这个！"

"处境十分困难，"河鼠用沉重的声音说，"不过我想，我现在打心底里知道癞蛤蟆该怎么办了。我来告诉你，他应该……""不对，他不应该这样做！"鼹鼠满嘴是食物地叫道，"完全不是这么回事！你不明白。他应该做的是，他应该……"

"哼，我反正不干！"癞蛤蟆激动起来叫道，"我不要听任你们这些家伙差来差去！我们在说的是我的房子，我很清楚该怎么办，我来告诉你们。我这就要……"

他们三个一起同时说话，说多响有多响，那响声简直叫人耳聋，就在这时候，一个很细很冷静的声音传来，他说："你们大家马上停口！"几只动物顿时不响了。

这时候獾吃完了他的馅饼，在他的椅子上转过身来，狠狠地盯住他们看。等他看到他已经吸引了他们的注意力，大家显然在等着听他对他们说什么，他重新把身子向桌子转回去，伸手去切干酪。这位可敬动物的优秀品格博得大家如此景仰，因此大家再也不出一声，直到他把他这顿饭吃完，刷掉他膝盖上的面包屑。只有癞蛤蟆不断地动来动去，可是河鼠用力按住了他。

獾完全吃好以后，从座位上起来，站到壁炉前面，终于用深沉的声音开始说话了。

"癞蛤蟆！"他很凶地说，"你这个闯祸的小坏蛋！你不觉得害臊吗？如果你的父亲，我那位老朋友，今天晚上在这里，知道你的全部所作所为，你想他会怎么说呢？"

癞蛤蟆这时候在沙发上举起了他的腿，一下子翻过身来趴着，痛悔地呜咽得浑身抖动。

"好了，好了！"獾和气一些，继续说下去，"别放在心上，不要哭了。过去了的我们就让它过去了吧，一切从头开始。不过鼹鼠的话完全不错。鼬鼠处处看守着，他们是世界上最好的哨兵。想要进攻那个地方，完全没有用。对我们来说，他们太强大了。""那就完蛋啦，"癞蛤蟆把头埋在沙发垫子上哭着说，"我要去报名当兵，再也不看我那亲爱的癞蛤蟆庄园了！"

"好了，高兴起来吧，癞蛤蟆！"獾说，"除了用武力收回那个地方以外，还有各种办法。我话还没说完呢。现在我来告诉你们一个重大秘密。"

癞蛤蟆慢慢地坐起来，擦干他的眼泪。秘密对他有一种无限的吸引力，因为他从来不能保守秘密，他尽管忠实地保证不泄露秘密，可刚保证完就去把秘密告诉别人了，正是这种刺激能使他得到无限的乐趣。

"那里……有……一条……地下……通道，"獾一字一字地着重说，"它从离这里很近的河岸，一直通到癞蛤蟆庄园里面。"

"噢，胡说！老獾，"癞蛤蟆十分神气地说，"你这是从附近酒馆听来的胡编乱造。癞蛤蟆庄园里里外外每一寸土地我都有数。我可以向你保证，根本没那么一回事！"

"我年轻的朋友，"獾极其严肃地说，"你的父亲是一位可敬的动物，比我认识的一些其他动物要可敬得多，他是我的一位特别好的朋友，告诉了我许多他做梦都没想到要告诉你的话。他发现了那条地道——它当然不是他开的，在他住到那儿来以前几百年就开辟了——他只是把它修理好并使它畅通，因为他想，万一有一天遇到麻烦或者危险，很可能用得着它，他还带我去看过。'这条地道别让我儿子知道'，他说，'他是个好孩子，只是生性十分轻浮，简直管不住自己的舌头。如果他有一天遇到真正的困难，这地道对他就会有用，到那时你可以告诉他这条秘密地道的事，不过在此以前，可千万别跟他说。'"

另外两只动物狠狠地盯住癞蛤蟆，看他听了这话有什么反应。癞蛤蟆起先想发脾气，可马上就快活起来，恢复了他热诚亲切的样子。

"对，对，"他说，"也许我是多嘴一点。像我这样一个交游广阔的人——我的周围都是朋友——我们说笑，我们吹吹牛，我们讲讲笑话——我的舌头就不免管不住，多嘴多舌了。我有说话的天赋。有人说我该有一个沙龙[1]，不管是怎样的沙龙。没关系。说下去吧，老獾。你说的这条地道将怎么帮我们的忙呢？"

"我最近发现了一两件事情，"獾继续说下去，"我叫水獭扮成一个扫烟囱的，扛着刷子去叫后门，说要找点活儿干。打听下来，那儿明天晚上要开一个盛大宴会。是谁过生日——我相信是黄鼠狼头子——所有的黄鼠狼将聚集在饭厅里，又吃又喝，又说又笑，一直这样下去，什么也不会怀疑。他们不带枪，不带剑，不带棍子，反正什么武器也没有！"

"可是外面照常站岗放哨啊。"河鼠说。

"一点不错，"獾说，"这正是我要说的。那些黄鼠狼将完全依赖他们那些呱呱叫的哨兵。地道就用得着了。那极其有用的地道一直通到食品室，它就在饭厅旁边！"

"啊哈！食品室里那块嘎叽嘎叽响的木板！"癞蛤蟆说，"现在我明白了！"

"到了那里，我们悄悄地爬上去，爬到食品室里……"鼹鼠叫起来。

"……拿着我们的手枪、剑和木棍……"河鼠叫道。

"……向他们冲上去。"獾说。

"……揍他们，揍他们，揍他们！"癞蛤蟆如醉如痴地大叫着，绕着房间跑了一圈又一圈，跳过一把又一把椅子。

"那很好，"獾恢复他平时的冷静样子说，"我们的计划就这么定了，再没有什么可争论的。那么，现在已经很晚，你们大家这就上床去睡。明天早晨我们将做好一切必要的安排。"

癞蛤蟆自然乖乖地跟着其他人去上床——他知道最好不要反对——虽然他觉得太兴奋了，睡不着。不过他度过了漫长的一天，这一天里挤满了许许多多事情。睡过气闷的牢房里石头地上那薄薄的一层干草以后，如今被单和毯子是可爱和舒服的。因此他的头靠到

---

1 沙龙指招待客人在里面清谈的客厅和聚集场所。

枕头上还不到几秒钟，他已经快活地打起呼噜来了。自然，他梦到了许多东西：他梦见他正要走上大路时，大路离开了他；运河追赶他，并且把他抓住了；正当他请客吃晚饭时，一只大木船装着他一星期要洗的衣服驶进宴会厅来；他孤零零一个人在秘密地道里摸索着前进，可是它弯弯曲曲，七转八转，最后它一阵晃动，竖了起来；然而他最后还是回到了癞蛤蟆庄园，安然，胜利，他所有的朋友围住了他，衷心地认为他的确是一只聪明的癞蛤蟆。

第二天早晨他起来很迟，等到他下楼，他看见他的三个朋友早都吃好早饭了。鼹鼠没告诉任何人他去哪里，自个儿不知上哪儿去了。獾坐在扶手椅上看报，一点儿也没去想这天傍晚要发生什么事。河鼠却绕着房间忙碌地跑来跑去，怀里抱满了各种武器，在地板上把它们分成四小堆，一边跑一边上气不接下气地兴奋地说："这把剑……给……河鼠，这把剑……给……鼹鼠，这把剑……给……癞蛤蟆，这把剑……给……獾！这把手枪……给……河鼠，这把手枪……给……鼹鼠，这把手枪……给……癞蛤蟆，这把手枪……给……獾！"就这样用不变的、有节奏的声音说下去，那四个小堆逐渐越来越高。

"做得很不错，河鼠，"过了一会儿，獾抬头从他那张报纸的边上看着忙个不停的河鼠，说，"我不是责怪你。不过我们只要溜过那些带着可恨的枪支的鼬鼠，我可以向你保证，我们用不着任何剑和手枪。我们四个拿着木棍，只要一进饭厅，哼，五分钟就能把他们一扫光。整件事我一个人也可以完成，只是我不想剥夺掉你们大伙儿的乐趣！"

"还是稳当一点好。"河鼠回答说，用他的袖子擦着一把手枪的枪管，同时顺着枪管看。

癞蛤蟆吃完了他的早饭，拿起一根粗木棍，使劲地抡着它痛击那些假想的动物。"他们抢我的房子，我让他们学学！"他叫道，"我让他们学学，我让他们学学！"

"不要说'让他们学学'，癞蛤蟆，"河鼠大吃一惊说，"这样说不规范。"

"你干吗老是责骂癞蛤蟆？"獾很不高兴地说道，"他说这话怎么啦？我自己也是这么说的，我能说，他也就能说！"

"对不起，"河鼠谦虚地说，"我只是想应该说'教训教训他们'而不是'让他们学学'。"

"教训他们不就是让他们学，我们就不要说教训他们，"獾回答说，"我们就要说让他们学学——让他们学学，让他们学学！而且我们就要这么办了！"

"噢，好吧，就随你高兴怎么说吧。"河鼠说。他自己也搞糊涂了，马上退到一个角落里，可以听到他在那里嘀咕："让他们学学，教训教训他们，教训教训他们，让他们学学！"直说到獾十分严厉地叫他住口。

不久鼹鼠就急匆匆地走进房间，显然是非常自得其乐。"我过得太好玩了！"他马上开口说话了，"我激怒了鼬鼠！"

"我想你干得十分小心谨慎吧，鼹鼠？"河鼠着急地说。

"我想是这样，"鼹鼠自信地说，"我想出这个主意，是在走进厨房去看看癞蛤蟆的早饭，让它别凉了的时候。我看到他昨天回来时穿的洗衣妇旧衣服挂在炉火前的毛巾架上。于是我把它穿上，还戴上女帽，披上围巾，然后上癞蛤蟆庄园去，大胆得不得了。哨兵们自然拿枪在看守，问'你是什么人'等蠢话。'你们早，先生！'我彬彬有礼地说，'今天有什么东西要洗吗？'"

"他们看着我，又神气，又板着脸，又傲慢，说：'走开，洗衣妇！我们站岗的时候不要洗什么东西。''或者改个时间吧？'我说。呵,呵,呵！我不是很滑稽吗，癞蛤蟆？"

"一只可怜的轻浮的动物！"癞蛤蟆十分高傲地说。事实上他对鼹鼠刚才做的事觉得妒忌极了。只要他先想到，又没有睡过头，这正是他想亲自去做的。

"有一些鼬鼠很生气，"鼹鼠说下去，"值班的警官对我说话了，说得很简短，他说：'现在走吧，我的好太太，走开吧！别让我的人

在值班的时候偷懒说闲话。’‘走开？’我说，‘过不了多少时候，该走开的可不是我！’”

“噢，好鼹鼠，你怎么能这样说呢？”河鼠惊慌地说。

獾放下他手上的报纸。

“我看到他们竖起耳朵,相互看着,”鼹鼠说下去,“警官对他们说：‘别理她，她也不知道她在胡说什么。’

“‘嘻！我不知道？’我说，‘好，让我告诉你吧。我的女儿给獾先生洗衣服，你这就知道我是不是知道我说什么了，你马上也要知道的！一百只嗜血的獾，拿着长枪，今夜要来进攻这癞蛤蟆庄园，从空地那边来。六船河鼠带着手枪和短弯刀要从河上来，在花园上岸。还有一队癞蛤蟆，人称死不屈服又名不获荣誉毋宁死的癞蛤蟆，要冲进果园，横扫一切，呼唤着要报仇。等到你们完蛋，你们就没什么要洗的了，除非你们侥幸能逃脱！’说完我就跑开，到了他们看不见我的地方，躲了起来。很快我又顺着壕沟爬回来，透过矮树丛偷看他们。他们可是说不出地紧张慌乱，马上四下奔跑，互相绊倒，你压我我压你，个个在向别人发号施令，却不听别人的话。那个警官不断派出一队队鼬鼠到庄园最远的头上去，随后又派别的鼬鼠去把他们重新叫回来。我听见他们相互说：‘黄鼠狼就是那样，他们舒舒服服地在宴会厅里，又吃又喝，又唱歌又百般玩乐，可我们要在寒冷和黑暗中守卫，到头来被嗜血的獾们杀千刀！’”

"噢，鼹鼠，你这个蠢驴！"癞蛤蟆叫道，"你把什么都毁了！"

"鼹鼠，"獾用他冷静和安详的口气说，"我知道你小指头的智慧也比某些动物整个肥胖身体里的智慧多。你干得真是了不起，我开始对你寄托了巨大的希望。好鼹鼠！聪明的鼹鼠！"

癞蛤蟆妒忌得简直要发疯，特别是因为鼹鼠所做到的那种无比聪明的事情，他一辈子也想不出来。不过也是他运气，他还没来得及发脾气或者受到獾的讽刺，已有摇铃叫吃中饭了。

这是一顿简单但是耐饥的饭——有熏肉蚕豆，通心粉布丁；他们吃完以后，獾坐到扶手椅上说："好，我们今夜的事都安排好了，等我们干完，也许已经很晚，因此只要能做到，我要先打个盹。"他用手帕蒙住脸，很快就呼噜呼噜睡着了。

性急和勤劳的河鼠马上去继续做他的准备工作，开始在他那四小堆东西之间跑来跑去，一面跑一面咕哝："这根皮带……给……河鼠，这根皮带……给……鼹鼠，这根皮带……给……癞蛤蟆，这根皮带……给……獾！"等等等等，还想出没完没了的新装备，因此鼹鼠趁这会儿挽住癞蛤蟆的胳臂，带他到外面露天里，把他推到一把柳条椅子上，要他把他的全部历险经过从头到尾一五一十地告诉他，这件事癞蛤蟆可太高兴做了。鼹鼠是一位好听众，而癞蛤蟆呢，只要没有人打断他的话或者不客气地顶他，他可以讲个没完。

12　尤利西斯[1]的归来

　　当天色开始黑的时候，河鼠用一种又兴奋又神秘的神气把大家重新召集到客厅来，让他们一个个站在他们各自的一小堆东西前面，为即将到来的远征给他们装备。这件事他做得十分仔细地道，并且花了不少时间。首先是给每只动物围上一条皮带，接着是在每根皮带上插上一把剑，然后是在另一边佩上一把短弯刀。最后是给他们每人一对手枪、一根警棍、几副手铐、一些绷带和橡皮膏、一个热水瓶和一盒三明治。獾愉快地笑着说："很好，河鼠！这样做使你高兴又于我无损。不过我去做我要做的一切事情，只要这一根木棍就够了。"河鼠听了只是回答说："请都带上吧，老獾！你知道，我不希望你以后埋怨我，说我忘记了什么东西！"

等到一切准备停当，獾一只爪子拿着一盏没点着的手提灯，另一只爪子抓住他那根大木棍，说："好，现在跟我来！鼹鼠走第一，因为我很高兴跟他在一起；河鼠走第二；癞蛤蟆走在末尾。你听着，癞蛤蟆！你别像平时那样叽叽咕咕说个没完，要不然就叫你回来，说话算数的！"

癞蛤蟆只怕把他留下，因此他站到给他指定的蹩脚位置，不发一声牢骚，接着这几只动物就出发了。獾带着他们顺河边走了一小

1　尤利西斯是古希腊荷马史诗《奥德修纪》中的一位大英雄。

段，接着忽然在河岸一翻身，钻进了一个洞，这洞只比水面高一点儿。鼹鼠和河鼠一声不响地跟着，照他们看见獾的做法去做，也翻身进了洞。可是轮到癞蛤蟆的时候，他当然一滑就很响地啪啦一声落到了水里，还发出一声惊叫。他的朋友们把他拉上岸，赶紧给他擦干身体，绞干衣服，他舒服了，站了起来。獾可是真火了，告诉他说，下次他再这样胡闹，非让他留下来不可。

就这样，他们终于进了秘密地道，计划的远征真正开始了。

地道里又冷，又黑，又潮湿，又低矮，又狭窄，可怜的癞蛤蟆开始发抖了，半是由于害怕接下去会出什么事，半是由于浑身湿透了。手提灯在前面远远的，他在黑暗中免不了要落后。这时他听见河鼠叫着警告他："跟上，癞蛤蟆！"他生怕当真独个儿留下来，在黑暗里孤零零的，就赶紧跟上，可一冲又冲得太猛，把河鼠撞到了鼹鼠身上，鼹鼠又撞到了獾身上，一下子乱成一团。獾还以为后面有人袭击，因为地方太窄用不上棍子或者短弯刀，他就拔出手枪，眼看就要给癞蛤蟆吃枪子儿。等到獾弄清楚到底是怎么回事，他真生气了，说："这一回烦人的癞蛤蟆得留下！"

可是癞蛤蟆抽抽搭搭地哭，另外两个为他求情，保证负责使他行动规矩，最后獾的气才算平了下来，他们重新前进。只是这一回由河鼠断后，用力抓住癞蛤蟆的肩头。

他们就这样一路上摸索着一步步前进，竖起耳朵，爪子放在手枪上，直到獾最后说："我们这会儿应该是离庄园底下很近了。"

就在这时候，他们突然听到在很远很远的地方，不过显然就在他们头顶上，传来一阵含混的嗡嗡声，像是人们在大叫大笑，用脚顿地板和用拳头捶桌子。癞蛤蟆又紧张害怕起来，可是獾只是镇静地说："是他们，那些黄鼠狼！"

地道现在开始斜斜地往上升，他们摸索着再过去一点儿，喧闹声又响了，这一回十分清楚，离他们头上也很近。他们听到："万岁……万岁……万万岁！"还听到小脚在地板上顿，小拳头在桌子上捶的时候玻璃杯乒乒乓乓响。"他们多快活啊！"獾说，"走吧！"他们顺着地道匆匆忙忙地走，最后停下来，已经站在通进食品室的活门底下了。

宴会厅里吵成那样，一点不用害怕他们的声音会被听见。獾说："好，伙计们，大家一起上！"于是他们四个一起用肩头顶着活门，把它用力顶起。他们互相帮助着上去，一下子已经站在食品室里。在他们和宴会厅之间只隔着一扇门，门那边一无所知的敌人正在开怀痛饮。

当他们从地道出来时，那喧闹声简直震耳欲聋。最后，等到欢叫声和捶击声慢慢静下来，可以听到一个人声说："好，我不打算耽

搁你们太多时间……"（热烈鼓掌）"……不过在我坐下来以前……"
（又是欢呼）"……我要为我们客气的主人癞蛤蟆先生说一句话！我
们大家都知道癞蛤蟆！……"（大笑）"……好癞蛤蟆，谦逊的癞蛤蟆，
诚实的癞蛤蟆！"（欢呼乱叫）

"只要让我逮住他！"癞蛤蟆咬牙切齿地咕哝了一声。

"忍耐一下！"獾说，好容易劝住他，"你们大家准备好！"

"……让我来给你们唱支小曲，"那声音说下去，"这小曲是我以
癞蛤蟆为题作的……"（持久的鼓掌声）

接着那黄鼠狼头子——正是他——用高尖刺耳的声音唱起来：

　　癞蛤蟆出来寻欢作乐，

　　　　走在街上，快快活活……

獾挺直身子，用两只爪子狠狠抓住木棍，
环顾了一下他的伙伴们，大叫一声："时候到
了！跟我来！"

他一下子把门打开。

空气中充满了怎样的叽叽大叫、哇哇大
嚷和呜呜大喊啊！

在四位英雄愤怒地步入宴会厅的可怕时刻，里面一片大乱！那些吓坏了的黄鼠狼还能不钻到桌子底下，发疯地蹦上窗台！那些雪貂还能不发狂地向壁炉冲去，却毫无希望地挤在烟囱里！那些桌子和椅子还能不翻过来，玻璃和陶器的杯盘噼里啪啦地落到地上打碎。强有力的獾翘起了他的小胡子，他那根大棒在空气中呼啸。又黑又凶的鼹鼠挥舞他的木棍，叫出他可怕的战斗呼声："我鼹鼠来了！我鼹鼠来了！"河鼠又不要命又坚决，他的皮带上插满了各种年代和各种式样的武器。癞蛤蟆兴奋若狂，带着受损伤的自豪心情，身体比平时涨大了一倍，跳上半空，发出癞蛤蟆的呱呱声，吓得敌人凉到骨髓！"癞蛤蟆出来寻欢作乐！"他叫道，"我要叫他们乐个够！"他叫着直奔黄鼠狼头子。他们一共不过四个，可是对于乱作一团的黄鼠狼来说，好像整个大厅都是怪物，灰色的，黑色的，棕色的，黄色的，呱呱大叫，到处巨棒挥舞。他们恐怖和失魂丧胆地尖叫着乱撞乱逃，逃到东逃到西，跳出窗子，爬上烟囱，不管逃到哪里都好，只要能避开那些可怕的木棍就行。

事情很快就过去了。四个朋友在整个大厅里踱来踱去，只要有个头露出来，就用他们的木棍啪嗒敲下去，五分钟内大厅就一扫而空了。透过打破的窗子，轻轻传来逃过草地的那些失魂落魄的黄鼠狼的尖叫声。在地板上躺着几十个敌人，鼹鼠正忙着在给他们戴合

270

适的手铐。獾忙了一通，拄着木棍在休息，擦他忠厚的脑门。

"鼹鼠，"他说，"你是最好样的！你快到外面去找找你那些鼬鼠哨兵，看看他们在干什么吧。我认为这得多谢你，今天晚上他们不会给我们添什么麻烦了！"

鼹鼠利索地跳出窗子，转眼不见了；獾吩咐另外两个把一张桌子重新放好，从地上的碎片[1]中捡起餐刀、餐叉、好的盘子和玻璃杯，再去看看是不是能找到点东西当晚饭吃。"我要吃东西，我实在需要吃了，"他用他平时那种口气说道，"你倒是快一点，癞蛤蟆，打起精神来！我们给你把你的房子要回来了，你却连一块三明治也不请我们吃。"

癞蛤蟆十分难过，獾竟不像对鼹鼠那样对他说句愉快的好话，比方说他是个多么棒的家伙啊，他打得多么出色啊，因为他对于自己，对于自己一棍把黄鼠狼头子打得飞过桌子感到特别得意。可他还是忙个不停，河鼠也一样，他们很快就找到一碟番石榴冻、一只冻鸡、一条没怎么碰过的牛舌、一些蛋糕，还有许多牡蛎色拉；在食品室里他们找到了一篮法国面包圈和大量的干酪、牛油和芹菜。他们正

---

1 原文为法语，débris。

要坐下，鼹鼠从窗口爬进来，咯咯笑着，怀里抱着一大捆长枪。

"全结束了，"他报告说，"我查清楚了，那些鼬鼠本来就非常紧张和心惊胆战，一听到大厅里的尖叫、喊嚷和喧嚣声，其中一些扔掉他们的长枪溜走了，另外一些留下一会儿，可是一看见黄鼠狼向他们冲出来，就以为他们被出卖了。他们抓住那些黄鼠狼，黄鼠狼挣扎着要逃走，双方于是扭成一团，扭来扭去，打来打去，滚来滚去，直到他们大都滚到了河里！他们或者这样逃，或者那样逃，现在全都不见了。我拿来了他们的长枪。因此万事大吉！"

"你真是了不起，值得大大称赞！"獾满嘴鸡肉和蛋糕地说，"好，鼹鼠，在你坐下来和我们一起吃晚饭之前，还有一件事要请你做；我本不想再麻烦你，只是我知道这一件事我可以信任你会做好，虽然我很希望对我所认识的人都能说这句话。我可以派河鼠去做这件事，如果他不是一位诗人。我要你把地上这些家伙带上楼去，让他们把几个卧室打扫干净，收拾得真正舒舒服服的。叫他们把床底下也打扫过，在床上铺上干净的床单和套上枕头套，把被子的一头向下折转，就像你知道应该做的样子，还在每个房间放一罐热水、一些干净毛巾和肥皂。如果你高兴的话，还可以给他们每人一顿揍，让他们从后门离开，我想我们一点也不要再看见他们了。然后你回来吃点这冷牛舌。是头等的。我很喜欢你，鼹鼠！"

好脾气的鼹鼠捡起一根木棍，让他的俘虏在地板上排成一行，向他们发出一声命令："快步——走！"带着他这队人马上了楼。过一会儿他又出现，笑嘻嘻的，说每个房间都准备好了，干净得像一根新别针。"我也用不着揍他们，"他加上一句，"我想，总的说来，他们今天晚上挨揍也挨够了，当我向那些黄鼠狼指出这一点的时候，他们完全同意我的看法，说他们不想再劳烦我了。他们非常后悔，

说他们对他们的所作所为感到极其抱歉，不过这都全怪他们的头子和那些鼬鼠，如果我们什么时候有什么事用得着他们，只要吩咐就是了。因此我给了他们一人一个面包卷，让他们从后门出去，他们跑掉了，有多快跑多快！"

接着鼹鼠把他的椅子拉到桌边，动手就切冷牛舌。这时癞蛤蟆堂堂一位绅士，丢开了他的全部醋意，衷心地说："亲爱的鼹鼠，诚心诚意感谢你，为了你今夜遇到的所有麻烦和受到的所有苦恼，特别是为了你今天早晨的聪明做法！"獾听了他的话很高兴，说："这才是我们勇敢的癞蛤蟆说的话！"于是他们无比高兴和心满意足地吃完了他们的晚饭，马上钻到干净的床单和被单之间去休息。在他们用无与伦比的勇敢、完美的战略和木棍的正确使用所夺回来的癞蛤蟆祖居里，他们如今是十分安全的。

第二天早晨癞蛤蟆照例又睡过头，下楼吃早饭迟得实在丢脸，只看到桌子上一些鸡蛋壳、一些又冷又硬的吐司碎块，咖啡壶空了四分之三，别的也实在没有什么了。所有这些都无法使他的心情好起来，因为他想到，这儿到底是他的家。从饭厅的落地长窗望出去，他看到鼹鼠和河鼠坐在外面草地的柳条椅子上，显然在相互讲故事，哈哈大笑，他们的短腿抬起来在空中乱踢。獾坐在扶手椅上埋头看晨报，癞蛤蟆走进房间的时候，他只是抬起头来点了点。癞蛤蟆知道他的脾气，于是坐下来尽量好好地吃顿早饭，仅仅在心里说，他迟早要跟这些人算账。在他快吃完的时候，獾抬起头来十分简短地说："我很抱歉，癞蛤蟆，不过我怕今天上午你有一件重活要干。你瞧，我们实在应该马上举行一个宴会来庆祝这件事。希望你考虑考虑——实际上这是个规矩。"

"噢，一句话！"癞蛤蟆脱口而出说，"你怎么说我怎么干。虽然我不明白，为什么你要在上午举行宴会。不过你知道，我活着并不是为了使我自己快乐，而只是要知道我的朋友们想要什么，然后设法为他们安排，你这位亲爱的老獾！"

"别装傻，"獾生气地回答说，"你说话的时候也别咯咯笑，把口水溅到你的咖啡里，这是不礼貌的。我的意思是，宴会自然要在晚上举行，可是邀请信必须马上写好发出去，你这就得写。好，坐到那张桌子旁边去吧——那上面有几叠信纸，信纸顶上有蓝色和金色的'癞蛤蟆庄园'几个字——你给我们的所有朋友一个一个写信，只要你一个劲儿地写，我们吃中饭前就可以发出去了。我也可以帮忙分担你的工作。我去订菜。"

"什么！"癞蛤蟆惊叫起来，"这么美好的一个早晨，我正要到我的产业周围去转转，把所有的事情和所有的人安排妥当，在四处走走，欣赏欣赏，你却要把我关在屋子里，让我写一大堆混账的信！当然不干！我要……回见……不过等一等！噢，当然，亲爱的獾！做这件事我比谁都高兴和合适！你希望这样做，我一定做到。去吧，老獾，去订菜吧，爱订什么就订什么，然后跟外面我们那两位年轻朋友一起去说说笑笑，忘掉我，忘掉我的烦恼和写信的事。我将为了义务和友谊牺牲掉这个美好的上午！"

獾十分怀疑地看着他，可是看到癞蛤蟆那种坦率的面部表情，叫人很难猜想他这种态度转变会有任何不好的动机。他随即走出房间上厨房去。他一走，门刚关上，癞蛤蟆就急忙到写字台去。他说话时已经有了个好主意。他要写邀请信，他要别忘了提到他在战斗中的领导地位，提到他怎么摆平了那黄鼠狼头子；他要暗示他的历险，他有些怎么样的胜利事迹要写啊；他还要写出一张晚会文娱节目单——他头脑里勾画出来的节目大致是这样的：

演说……………………………………………………**癞蛤蟆**

（晚上还有几次演说，演说人都是癞蛤蟆）

致辞……………………………………………………**癞蛤蟆**

（内容提要——我们的监狱制度——古老英国的水路
——马的交易，如何讨价还价——产业，它的权利和
义务——返回祖居——一位典型的英国绅士）

歌唱……………………………………………………**癞蛤蟆**

（本人作曲）

其他歌曲………………………………………………**癞蛤蟆**

在晚会过程中演唱，演唱者为作曲者本人。

这个主意使他高兴得不得了，他干得非常起劲，所有的邀请信中午前都写好了，这时候他得到通报，说有一只衣衫褴褛的小黄鼠狼等在门口，胆怯地请问他是否能为诸位绅士效点劳。癞蛤蟆大摇大摆地走出来，看到是昨夜的俘虏之一，毕恭毕敬，急于要讨好。癞蛤蟆拍拍他的头，把一捆邀请信塞到他的爪子里，叫他抄近路把它们一一送到，越快越好，如果他晚上愿意再回来，也许会有一个先令给他，或者，也许不会有。那只可怜的黄鼠狼看来当真感恩戴德，急忙走掉，渴望着去完成他的使命。

当其他动物在河上过了一上午，又是兴高采烈又是轻松愉快地回家来吃中饭时，感到有点良心不安的鼹鼠用怀疑的眼光看着癞蛤蟆，想弄清楚他是不是不高兴或者垂头丧气。可都不是，他是那么盛气凌人和自高自大，鼹鼠不禁开始疑心出了什么事，而这时河鼠和獾交换了一个意味深长的眼色。

中饭一吃完，癞蛤蟆把他的两只爪子深深插到裤子口袋里，随口说道："好，你们请自便吧，伙计们！要什么请随便拿！"他说着就大摇大摆要向外面花园走去，想到那里去为自己未来的演说想出一两个点子，这时河鼠一把抓住他的一条胳臂。

癞蛤蟆疑心到他想干什么，拼命要溜走，可是等到獾使劲抓住了他的另一条胳臂时，他开始明白这个把戏演完了。两只动物挟持着他，把他带进对着门廊的小吸烟室，关上门，让他在椅子上坐下。接着他们两个站在他面前。癞蛤蟆一声不响地坐在那里，用极其怀疑和忧郁的神情看他们。

"好，你听我说，癞蛤蟆，"河鼠说，"我要讲的是这次宴会的事，而且很抱歉我得这么跟你说话。不过我们要你明白无误，一句话，宴会上没有演说，也不唱歌。请你尽量听清楚，这件事我们不是跟你商量，而是通知你。"

癞蛤蟆看到他无路可走了。他们懂得了他的心思，看穿了他，走到了他的前面。他的美梦破灭了。

"我不能就给大家唱这么一支小曲子吗？"他苦苦哀求。

"不行，小曲子也不能唱。"河鼠斩钉截铁地说。虽然他看到失望的、可怜的癞蛤蟆抖动着嘴唇，心里很难受。"这样做没有好处，癞蛤蟆。你很清楚，你的歌只能是自吹自擂和充满虚荣心；你的演说也只能是自称自赞和……和……嗯，是夸大其词和……和……"

"和吹牛。"獾用他平时的口气补上一句。

"这是为了你自己好，癞蛤蟆，"河鼠说下去，"你也知道，你迟早必须翻开新的一页，而现在看来，这伟大的时刻要开始了，这是你一生的转折点。请别以为我说出所有这些话来不比你难受。"

癞蛤蟆继续埋头思索了半天。最后他抬起头来，可以在他脸上

看到异常激动的表情。"你们说服我了,我的朋友们,"他激动得断断续续说,"说实在的,我本来只求一件小小的事情……仅仅再让一个晚上热闹热闹,舒畅舒畅,让我开怀听听热烈的掌声,它对我来说一直好像是……不知怎么的……显出我最好的本领。不管怎么说,我知道你们是对的,而我错了。从此以后我要做一只完全不同的癞蛤蟆。我的朋友们,你们将永远不会再为我脸红了。不过,天啊,天啊,这是一个多么严酷的世界啊!"

他用他的手帕捂住脸,踉踉跄跄地离开房间。

"老獾,"河鼠说,"我觉得我太残忍了,我不知道你觉得怎样?"

"噢,我知道,我知道,"獾阴着脸说,"不过只好这么办。这家伙还得在这里生活,生活下去,并受人尊敬。你会要他成为众人的笑柄，受鼬鼠和黄鼠狼讥笑和嘲弄吗？"

"当然不要，"河鼠说，"说到黄鼠狼，幸亏那只小黄鼠狼正要去发癞蛤蟆的邀请信时被我们碰上了。听了你告诉我的话以后，我疑心到什么事，因此看了一两张，它们简直丢人。我没收了所有的信，好鼹鼠如今正坐在蓝色的闺房 [1] 里填写那些简单的请柬呢。"

宴会的时间终于临近。癞蛤蟆离开大家，回到他的卧室，仍旧闷闷不乐地坐在那里动脑筋，他用一个脚蹼托着额头，长时间地沉思着。他的面部表情渐渐开朗了，他开始慢慢地露出长时间的微笑。

接着他不好意思地、忸怩地咯咯笑起来。最后他站起身子，锁上门，拉上窗帘，把房间里所有的椅子围成一个半圆形，站在它们前面，明显地神气活现起来。接着他鞠一个躬，咳嗽两声，然后放声歌唱，把他想像中看得那么清楚的东西唱给狂喜的听众听：

癞蛤蟆的最后一支小曲

癞蛤蟆——回——家了！

客厅里一片混乱，大厅里吵闹喧嚣，

牛棚里哇哇大嚷，马厩里尖厉呼叫，

癞蛤蟆——回——家了！

癞蛤蟆——回——家了！

窗子乒乒乓乓，门臂里啪啦，

黄鼠狼东逃西窜，晕倒在地下，

癞蛤蟆——回——家了！

---

1 原文为法语，boudoir。

咚咚咚！鼓声响起来了！

号手吹起了号，士兵们致敬，

大炮隆隆地开，汽车喇叭嘟嘟地揿，

这是——英雄——回来了！

大家欢呼——万岁！呜啦！

让群众有多响喊多响，尽情大叫，

为一只动物欢呼，个个为他感到自豪，

因为这个伟大的日子属于——癞蛤蟆！

他把这曲子唱得非常响，充满热忱和表情，一曲唱完，又从头再来一遍。

接着他深深叹了口气，一口很长、很长、很长的气。

接着他把他的头发刷子在水壶里蘸蘸，把头发从当中分开，刷得笔直光滑，盖在脸的两边。然后他开锁打开房门，安静地下楼去会见他的客人，他知道他们一定已经聚集在客厅里了。

当他进去的时候，所有的动物欢呼起来，紧紧围在他四周祝贺他，称赞他勇敢，聪明，打得棒；可是癞蛤蟆只是淡然笑笑，咕哝一声"没什么"，或者有时候换换说法"正好相反"。站在炉前地毯上的水獭正在向一位佩服的朋友描述他假使在场会怎么干，一看见他就欢叫一声走上前来，抱着他的脖子，想要拉他绕房间凯旋般绕上一周；可是癞蛤蟆温和地止住他，一边挣脱身子，一边温柔地说："是獾出的主意；是鼹鼠和河鼠在战斗中打头阵；我只是跟着他们干，做得很少，甚至没做什么。"动物们显然对他这种出乎意料的态度感到困惑不解，大吃一惊；癞蛤蟆感觉到，当他从一个客人面前走到另一个客人面前，作出他的谦虚回答时，每一个人都对他充满了兴趣。

獾订来了各种最好的东西，宴会大为成功。动物之间有许多欢声笑语，大家还开开玩笑。可是从头至尾，癞蛤蟆一直坐在椅子上，低头看着鼻子尖，对他两边的动物咕哝两句愉快的客气话。偶尔他偷眼看看獾和河鼠，可每次他看他们时，他们总是张开嘴相互望着，这使他感到最大的满足。晚会开下去，一些年轻和活跃的动物不禁互相喊喊喳喳，说这个晚会不及他们往日经常参加的晚会好玩。有时候有人敲着桌子叫道："癞蛤蟆！讲话！癞蛤蟆讲话！唱歌！癞蛤蟆先生唱歌！"可癞蛤蟆只是微微摇摇头，举起一只脚蹼温和地表示不讲话也不唱歌。他请客人吃菜，讲几句时事新闻，诚心诚意地询问客人们家里那些还没到参加社交岁数的孩子好吗，所有这些都使客人们觉得这顿晚宴是严格按照正规方式举行的。

癞蛤蟆确实变了！

在这次高潮之后，四只动物继续无比快活地过他们曾被内战粗暴地破坏了的生活，再也没有受到过捣乱或者侵犯的打搅。癞蛤蟆在和他的几位朋友商量之后，挑选了一根漂亮的金项链，下面有个镶珍珠的金盒子的，把它们送给了狱卒的女儿，附上一封信，连獾看了也承认这封信写得谦恭，用优雅的文笔表达了谢意；还好好地答谢了火车司机，因为让他受了那么多苦和给他添了那么多麻烦。在獾的强迫下，连大木船上那个女人也好不容易找到了，她那匹马也考虑周到地赔偿了；虽然癞蛤蟆起先拼命地反对，坚决认为这个胖女人有眼不识真正的绅士，胳臂上斑斑点点，是命运派他来惩罚她的。赔偿马的钱所费无几，当地估价人认为，吉卜赛人给的价大致是不错的。

在漫长的夏夜里，朋友们有时候一起在原始森林中漫步，他们觉得这野森林一点儿也不野了。着实叫人高兴的是看到林中居民多么恭敬地向他们问好，看到黄鼠狼妈妈把她们那些孩子带到她们的洞口，指着他们说："看吧，小宝宝！那就是伟大的癞蛤蟆先生！走在他身边的是勇敢的河鼠，一位可怕的斗士！那边来的是著名的鼹鼠先生，关于他，你们的爸爸讲得够多的了！"碰到她们的孩子发脾气，不听话，只要对他们说，如果他们再淘气，那可怕的灰獾会来捉他们，他们就乖乖地不响了。这真是对獾的岂有此理的诽谤，因为他虽然很少和别人交往，却十分喜欢孩子；不过对孩子这么一说，却从来不会不大获成功。

Kenneth Grahame
THE WIND IN THE WILLOWS
Illustrated by E.H. Shepard
This edition arranged with CURTIS BROWN-U.K.
through BIG APPLE AGENCY, LABUAN, MALAYSIA.
Simplified Chinese edition copyright:
2022 SHANGHAI TRANSLATION PUBLISHING HOUSE (STPH)
All rights reserved.

图书在版编目（CIP）数据

柳林风声：彩色插图版／（英）肯尼思·格雷厄姆
(Kenneth Grahame) 著；任溶溶译 . 一上海：上海译
文出版社，2022.11
　　书名原文：The Wind in the Willows
　　ISBN 978-7-5327-9206-1

　　Ⅰ．①柳… Ⅱ．①肯… ②任… Ⅲ．①童话 — 英国 —
现代 Ⅳ. ① I561.88

中国版本图书馆 CIP 数据核字（2022）第 194636 号

柳林风声（彩色插图版）

［英］肯尼思·格雷厄姆 著
［英］E.H. 谢泼德 插图
任溶溶 译
责任编辑／顾真　装帧设计／胡枫 刘星湄　封面题字／沈飏

上海译文出版社有限公司出版、发行
网址：www.yiwen.com.cn
201101 上海市闵行区号景路 159 号 B 座
苏州市越洋印刷有限公司印刷

开本 890×1240 1/32 印张 9.25 插页 4 字数 103,000
2022 年 12 月第 1 版 2022 年 12 月第 1 次印刷
印数：0,001—7,000 册

ISBN 978-7-5327-9206-1 / I · 5728
定价：168.00 元